エプロンの肩紐を片方ずり落とされ、
裸の胸があらわになる。

illustration by CHIHARU NARA

発《はつ》育《いく》乳《ち》首《くび》～舌《ぜつ》蜜《みつ》教《きょう》育《いく》～

秀 香穂里
KAORI SHU

イラスト
奈良千春
CHIHARU NARA

Lovers Label

CONTENTS

序章

……ゾクゾクする。

肩をすべり落ちる紐《ひも》がうっとうしくて首を振ると、背後からぐっと引き寄せられ、桐生義晶《きりゅうよしあき》はちいさく息を呑《の》んだ。

「おい、やめろ、こんなの……っ……手、離せ……！」

「いまここでやめていいのか？　おまえの乳首はそう言ってないぜ」

憎《にく》たらしい笑い声を漏《も》らす同居人の坂本裕貴《さかもとゆうき》を肩越しにギッと睨《にら》んだものの、薄い生地の上からブゥン……と唸《うな》るピンクローターを乳首に押しつけられ、身体が勝手に揺《ゆ》れてしまう。

まだ肌寒さが残る三月の夜。本格的な春が訪れるのはもうすこし先だから、桐生はライナー付きのトレンチコートをスーツの上に羽織《はお》り、会社に出勤した。

今日も忙《いそが》しい一日だった。昼食をとるのが遅れるくらい打ち合わせが立て込み、午後は得意先を訪問し、みっちりと話し込んだ。身体はくたくただが、心地《ここち》好い疲労感《ひろうかん》に包まれて家に帰るなり、坂本がお気に入りのコートを無言で引き剝《は》がしてきて、キッチンのカウンターに押しつけてきた。

「く……っう……ん――んぁ……っあぁ……っ」

「お、期待満々のエロ声だな。そんなにローターで嬲《なぶ》られるのが気持ちいいのか」

「そんな、わけ、ないだろバカ……！」

激しく頭を振るたび、裸《はだか》の太腿《ふともも》を掠《かす》める生地《きじ》にいらいらする。

せめて服を着ている状態《じょうたい》で胸をいたぶられているのなら、こんなに怒っていない。坂本はなにを考えているのか知らないが、桐生を裸にひん剝《む》いてから、エプロンを着けさせたのだ。

「ひらひらフリルがついたエプロンじゃなかっただけ、ありがたく思え。おまえ、こういうことに慣れてなさそうだから、わざわざスーパーでシンプルな形を探したんだぞ。素直に感じろ」

「誰が！　くそ……！　あ、ッ、あ、押しつける、な……！」

素肌にエプロンと下着しか着けさせてもらえず、胸元にローターを押し当てられ、湿《しめ》った腿の内側を、つうっと熱い汗《あせ》がしたたり落ちていく。

オフホワイトとダークブラウンでまとめたキッチンは、いつも清潔《せいけつ》だ。こまかな家事に気を配る坂本が、毎日の料理のあとに掃除《そうじ》しているのを、桐生は知っている。よくやるな、というのが素直な感想だ。自分だったら絶対に家事代行サービスを呼んでいるところだ。

マンションに居候《いそうろう》させてやる代わりに、家事のすべてを担《にな》ってもらう。それが坂本との約束だ。掃除も洗濯《せんたく》も真面目《まじめ》にやったら手間だろうに、変なところで几帳面《きちょうめん》な坂本は文句ひとつ言わず、楽しげにこなしている。

隅々《すみずみ》まで綺麗《きれい》なキッチンカウンターに、手をついた格好《かっこう》の桐生に坂本が背中から覆《おお》い被《かぶ》さってきて、ローターでじっくりと肉芽を擦《こす》ってくる。じかに弄《いじ》られていたら、とっくに達していたかもしれない。

「なんで、エプロンなんか、いまさら……時代錯誤《じだいさくご》もはなはだしい」

一方的に感じさせられるのがいやで声を尖《とが》らせた。意識していないと、延々と喘《あえ》いでしまいそうだ。性欲が薄い桐生でも、裸エプロンはさすがに古いじゃないかと思う。坂本につき合わされていやいや見たアダルト動画でも、裸エプロンはなかったのではないか。

必死に抵抗する桐生を坂本はせせら笑う。

「エロの世界にも、流行の波ってのがあるんだよ」

バカかこいつは。なにが流行の波だ。

引き締まった身体にふさわしく、冷たく整った美貌《びぼう》を歪《ゆが》ませて呻《うめ》く桐生は、街を歩けば三人にひとりの割合で振り向くほどの、すぐれた容姿だ。自分の見た目が他人にどう映るか、二十九歳になるいまでも無頓着《むとんじゃく》だ。学生時代も社会人になってからも、それなりに告白されてきたが、誰もいまいちピンと来なかった。それがいまはどうだ。大学時代の同級生である坂本に、毎晩《まいばん》身体を熱くさせられているなんて、思ってもみなかった。

清潔感を第一とし、毎朝きちんとヘアスタイルを整える桐生とは対照的に、坂本は年がら年中ぼさぼさ頭だ。セル縁《ぶち》のボストン眼鏡《めがね》をかけ、顎《あご》には無精髭《ぶしょうひげ》を散らばらせている。

服装だって凛《りん》としたスーツを着こなす桐生とは違い、学生時代からずっと着続けているシャツとジーンズだ。『よっぽど物持ちがいいんだな。穴《あな》が空《あ》かないなんて』と以前皮肉《ひにく》ったら、『このあいだ、ジーンズの膝《ひざ》が破《やぶ》れたから繕《つくろ》った』と平然とした声が返ってきた。

身なりにまったく気を遣《つか》わない男が唯一《ゆいいつ》興味を示すのは、ラブグッズ――いわゆる大人のおもちゃだ。

「なんだって、昔のものが新しく見えることってあるだろ。エロだってそうだ。昔々はいまみたいに高性能なおもちゃなんてなかった。でも、人間はああだこうだと手を尽《つ》くして妄想《もうそう》をふくらますんだよ。裸エプロンはその最たるものだ」

「……おまえ、本気でバカだろう」

怒声を上げると、ふっと鼻先で笑われた。悔《くや》しいことに、男臭《おとこくさ》くて、うさんくさい風貌《ふうぼう》の坂本は、ひとを小馬鹿にする笑い方をしたとき、いちばん魅力的《みりょくてき》に見える。

「おまえこそ貿易《ぼうえき》会社にいるんだから、懐古《かいこ》主義ってもんを覚えとけ。その昔、世の男たちを燃え上がらせた裸エプロンの威力《いりょく》を、いまこそよみがえらせるんだ。男ってのは単純な生き物だ。おもちゃよりも、おのれの妄想力が勝つことがある。パートナーの綺麗な身体にエプロンを着けさせて――こうしていたずらしたいって、いつもムラムラしてるんだぜ」

ふいに耳たぶをカリッと噛《か》まれ、甘い愉悦《ゆえつ》がびりびりと全身を駆《か》け抜ける。そこも弱いのだが、坂本の低く艶《つや》やかな声は反則《はんそく》だ。

「ごちゃごちゃ言ってるわりには勃起《ぼっき》してるじゃないか」

「ッ……！」

ひらっとエプロンの裾《すそ》をまくり上げられ、剝き出しの性器に指を絡《から》められた。根元からピンと張り詰めて、痛いほどに勃《た》ち上がる肉茎は数度扱《しご》かれるだけで達しそうだ。桐生の感じるところを知り尽くしている坂本の指は淫《みだ》らに動き、硬くしこる陰嚢を長い指でするりと撫《な》でさすり、竿《さお》の浮き立った筋《すじ》をじっくりと嬲る。

「や……めろ……ん、ン、あぁ……っそこ……弄らないで、くれ……」

「キッチンで、まごまごと料理する新妻《にいづま》にいたずらする夫とか、いま考えてもスケベなシチュエーションだぜ」

「なに言って……あ、あ、っ！」

ジンジンと甘やかに震《ふる》えるローターが離れたかと思ったら、エプロンの肩紐を片方ずり落とされ、裸の胸があらわになる。

「ここ、ずいぶんと弄りやすくなったじゃないか。ちょっと触っただけでコリコリだ。どんな淫《いん》乱《らん》ビジネスマンだ、おまえは」

「ぜんぶ、……っ坂本の、せいじゃないか……！」

「だよな」

肩越しにのぞき込んできてニヤニヤ笑う男を殴《なぐ》り飛ばしたい。やめろと言えば言うほど卑猥《ひわい》な責め苦を味わわされることがわかっているのに、簡単に崩《くず》れられないのは意地があるからだ。じわじわと熱くなる肉芽をねっちりと揉《も》み込む男の指は冷静だ。坂本にとって、桐生の反応を見るのはアダルトグッズ開発に役立てたいからだろう。以前、恨《うら》めしげにそう言ったら、『それ以外になにがある？』と返された。この男に期待したって無駄《むだ》なことはわかっているのに。

「つまらん意地を張るな。清楚《せいそ》な人妻がエプロンを乱してどれだけよがるのか、俺は知りたいんだ」

「誰が、人妻だ……！　っ、バカ、バカ、やめろ、だめだ……っ……そこ、ぁぁ、っあ！」

乳首を執拗《しつよう》にねじられながらペニスを扱かれると、身体の奥底から熱いうねりが押し寄せてくる。だめだ、いけない。キッチンは料理をするところであって、はしたなく感じる場所じゃない。そう自分を戒《いまし》めるのだが、絡みつく指がいっそう淫らに動き、頭の中が真っ白になり、性器の先端《せんたん》が大きくふくらむ。

「……っあ、あ、もう……っ」

「このまま出せ」

「あっ、あっ、出っ……っ！」

ふうっと耳に吐息がかかり、我慢《がまん》できなかった。びくんと身体を大きく震わせ、快感《かいかん》に煽《あお》られて、どくどくと蜜《みつ》を放った。太腿をエプロンの裾が嬲《なぶ》るのも羞恥《しゅうち》をかき立てる。

人工知能について幅広く知識を得た坂本は卒業後、その才能を生かすべく研究室か、もしくはどこかのシンクタンクへ——周りからも期待されていたし、彼の数少ない友人である桐生もそう思っていた。なのに、あれから約十年の月日が過ぎ、坂本はいま、キッチンで桐生を喘がせている。

喉《のど》をひくつかせて絶頂の余韻《よいん》に浸《ひた》り、がくがくと膝《ひざ》を震わせる桐生を悠々《ゆうゆう》と支えた坂本は、カウンターに用意していたタオルで器用に下肢《かし》を拭《ぬぐ》い、「なるほどな」と腕を摑《つか》んできた。

「思ったより効果が出そうだ。なかなか色っぽいもんだな。動画も撮ってあることだし、あとで見返すか。バイブを咥《くわ》え込ませるのもアリか……。もういいぞ。おまえは風呂に入ってこい。今夜は奮発《ふんぱつ》してステーキだ。おまえの好きな赤身をミディアムレアで焼いてやる」

「……」

いつもこうだ。自分の用がすんだらあっさりと身を離す男をじろりと睨み、桐生はよろけながら風呂に向かう。くすぶった熱がどこまでも追ってくるのがいとわしい。いっそ、身体の真ん中を荒々《あらあら》しく貫《つらぬ》いてくれたら——だが、はしたなく求めることができたら、自分じゃない。

どうしてあんな男がずっと好きなのか、まったくわからない。

1

薄ピンクの花びらがひらひらと散り、桐生の膝に落ちる。街灯に照らされた桜《さくら》は幻想的で、夜空に舞う花びらを見ていると、どこかに吸い込まれそうだ。センチメンタルなほうではないが、春らしい情景にはすこし切なくなる。出会いと別れの季節だからだろう。

「課長、寒くありません？　カイロもっと出しましょうか」

「いや、充分だ。両方のポケットに入ってるし」

「そんな遠慮《えんりょ》しなくてもいいですって。俺、体温高いんです。ぽかぽかですよ。ほら」

唐突《とうとつ》に頬《ほお》のラインをするっと指先でなぞられ、背筋《せすじ》がぞくりと震える。

「課長のそういう顔、大好きです」

隣《となり》で声をひそめて笑うのは、二十九歳の桐生より四つ下の直属《ちょくぞく》の部下、叶野廉《かのうれん》だ。明るい髪は精悍《せいかん》な面差《おもざ》しを引き立てるように短めだ。身体も逞《たくま》しい。紺《こん》のスーツに包まれた胸板は厚く、手足も長い。学生時代はもちろん、社会人になってからもずいぶんとモテるはずだ。黙《だま》っていると手強さを感じさせる男だが、くしゃりと笑うと途端《とたん》に人懐《ひとなつ》こい雰囲気《ふんいき》が滲《にじ》み出し、ひとのこころをたやすく摑む。

いいムードになりかけていることに気づいたのだろう。反対に座る桑名守《くわなまもる》が品のある笑みを向けてきた。すこし癖《くせ》のある髪と、落ち着きのある瞳がなんとも大人の男らしい。つねにぴしりとしたスリーピースを身に着け、幸運にあやかれるようネクタイには馬蹄《ばてい》チャームのピンを着けている。

「ふたりとも、お尻は冷たくないかな？　もし寒いようなら、もっと厚いクッションを用意しよう」

「私は大丈夫です。ブルーシートも厚めだし、クッションもふかふかですし」

「俺も問題ありません。今回の花見グッズって、部長が全部手配してくださったんですよね。すみません。こういうのって俺がやることなのに」

叶野が恐縮《きょうしゅく》し、頭を下げた。桑名は都内に自社ビルを構える中堅《ちゅうけん》の貿易会社の部長だ。三十九歳という年齢で国内のイベント兼《けん》雑貨部門を取り仕切る桑名の下に、桐生と叶野がついている。雄《おす》っけの強い若い叶野と、気品を漂《ただよ》わせる桑名のふたりが肩を寄せて仕事に勤《いそ》しんでいる場面に、社内の人間はいつも胸をときめかせている。

個性的な彼らに挟《はさ》まれると存在感がなくなるな、と胸の裡《うち》で苦笑する桐生は、おのれの怜悧《れいり》な美貌にほとんど構うことがない。以前、叶野に、『どうしたら課長みたいに「美」を保てるんですか』と言われて笑ってしまったことがある。月に一度、美容院で髪を整えてもらい、毎晩、風呂にゆっくり浸かり、汗を流すことくらいしか思い当たることがない。正直に言ったところ、『神様は不公平ですねえ……』とため息が返ってきた。

「桐生くんも叶野くんも、もう一杯《いっぱい》、グリューワインを呑む？」

「いただきます」

「俺も俺も」

　差し出した紙コップに、桑名がポットに入れたワインを注《そそ》いでくれた。鼻先をくすぐる、甘くてスパイシーな香りを深く吸《す》い込んで口をつけると、まだ熱い。

三月下旬の夜は花冷《はなび》えがする。昼間は陽《ひ》が射《さ》し、汗《あせ》ばむほどの陽気に恵まれていたのだが、夕《ゆう》刻《こく》から気温が一気に下がり、花見を楽しむ桐生たちはスーツの上にコートを羽織《はお》っていた。指先がかじかんできたら、ポケットに仕込んだカイロで暖《あたた》める。今夜は三人が所属《しょぞく》する部全員が集《つど》うお花見だ。会社からふた駅離れた場所に大きな公園があり、毎年、大勢のひとで賑《にぎ》わう。今年も叶野をはじめとした若手社員が場所取りをしてくれたおかげで、太い枝が見事に張り出した大木の下に陣取《じんど》ることができた。朝から頑張《がんば》ってくれた若手たちをねぎらうため、桐生と桑名は温かい飲み物や食べ物を用意したうえで、臨時《りんじ》のボーナスを出そうと決めていた。

三本の桜の根元にちりぢりに腰を下ろし、そこここで乾杯《かんぱい》の声が何度も上がっている。有能で楽しいことが好きな桑名は、社員の親睦《しんぼく》を深めるため、たびたびこうしたイベントを企画する。部員もお祭り騒《さわ》ぎが好きだから、こぞって集う。

「桑名部長が見事にまとめてくれるから、俺たち、いつも楽しいことに乗っかっちゃってますよね。来年はぜひ、俺にも企画の立て方を教えてください。とくにお花見企画って手順が多そうですし」

「慣れだよ、これも」

余裕たっぷりに微笑《ほほえ》む上司に、叶野は興味津々《きょうみしんしん》だ。

「いちばん大変なのってどんなことです？」

「お花見にかぎらず、イベントでもっとも手がかかるのは、参加メンバーの出欠を取ることだと思う。そもそも、どの日にするかというのもやや手間がかかるね。皆、希望日が違うから」

「確かに。今回、私も候補《こうほ》に挙《あ》げていただいた日程のうち、ふたつは外での打ち合わせが入っていてだめでした。こちらは部長が出してくださった案に乗るだけでいいですが、全員の希望を調整するのは、ほんとうに大変ですよね」

上長である桑名がいやな顔ひとつせず、お花見の幹事《かんじ》をやってくれたことに、あらためて感謝したい。こうしたことは若手の仕事と捉《とら》える職場も多いだろうが、桑名は『得意なひとがやればいい。僕はとりまとめが好きだから任せて』と公言している。

「桑名部長に面倒なことをお願いしちゃうのは、部下としても心苦しいですけど、毎回、仕切りが完璧《かんぺき》なんですよね。俺だったらこうはいきません。出欠を取る途中でキレそうです」

「おまえは本気でやりそうで怖い」

「だね」

三人で肩を揺らしながら笑っていると、「ご機嫌《きげん》だな」と覚えのある声が飛び込んできた。慌《あわ》てて振り返れば、坂本だ。

「おまえ、どうしてここに……！」

「おふたりからお誘《さそ》いいただいたんだよ。一杯呑みに来ないかって」

夜に溶《と》け込むような、黒のシンプルなコートとジーンズを身に着けた坂本は、眼鏡を押し上げながら、「ほら、そこ隙間《すきま》作れ」と割り込んでくる。桑名と叶野は「どうぞどうぞ」と場所を空けるが、桐生ひとりが渋面《じゅうめん》だ。割り込んできた坂本はなんでもない顔であぐらをかき、楽しげにあたりを見回している。

「桑名部長のお誘いを受けたからって、会社の企画に堂々と参加するなんて、いくらなんでも厚かましいだろう」

「まあまあ、桐生くん、僕らが呼んだんだし。こうして四人で会うのも久しぶりじゃないか。普段は皆忙《いそが》しくてなかなか集まれないだろう」

「ですよね。全員で話せるのってラインくらいだし」

邪気《じゃき》のない笑顔を見せる叶野に、思わず頬が引きつる。

ほかの誰にも内緒で、グループラインを作っているのはこの四人だけの秘密だ。そこで交わされる言葉は穏やかなものとは言いがたい。はっきり言えば破廉恥《はれんち》な会話しかなく、投稿される写真も白濁《はくだく》で濡《ぬ》れる桐生がメインだ。

桑名、叶野、そして坂本の三人がこの肌に痕《あと》を残すようになってから、桐生の日常から「平凡」の二文字はものの見事に吹《ふ》っ飛《と》んだ。もともと、坂本の実験には散々《さんざん》つき合わされていたから、いまさら文句を言うのも遅いかもしれないが、だからといって、四人で交じり合う時間を当たり前にするなんて、とてもできない。そこまで図太い神経《しんけい》ではないのだ。

桑名と叶野はまっすぐな愛情を向けてくるけれど、いちばんつき合いの長い坂本は相変わらず

とち狂っている。いまも平然と叶野からグリューワインが注がれた紙コップを受け取り、美味しそうに口をつけていた。

逆立ちしてもまねできない厚かましさに閉口し、むっとしたままワインを呑んでいると、向こうから話を振ってきた。

「おまえの部署、結構ひとがいるんだな。もっとこぢんまりしているかと思った」

坂本の言葉に、桑名が頷《うなず》く。

「だいたい、平均して十四、五人かな。うちの会社でもそれなりに大きい部署なんだ。貿易会社といっても、僕たちの部署はイベントを扱《あつか》うのがメインだから、仕事内容は広告会社と似てるんだよ。ね、叶野くん」

「ですです。俺らが企画を立てて、それに合う業者や雑貨を集めるのが主ですかね。以前、坂本さんとも一緒にキャンプに行ったでしょう？　あれも企画のうちでしたよ」

「それ、うまくいったのか？」

「当然です」

自分のことのように胸を張る部下に、ついちいさく笑ってしまった。勢いのあるときは手に負えない野獣《やじゅう》のような叶野だが、やはり自分よりまだ若いだけあって素直だ。

「おまえが言うな」

肘《ひじ》でつつくと、叶野は照れくさそうに頭をかいている。

「叶野くんの言葉はほんとうだよ。彼と桐生くんが頑張ってくれたおかげで、あの企画も大成功だった。その前のグランピング企画もよかったね。あれはブームの火付け役だとも言われていて、いまだにあちこちの取引先からお褒《ほ》めいただく」

「そんなに……。光栄です。今後もよりいっそう気を引き締めます」

真面目に言っているのに、隣の坂本が可笑《おか》しそうに肩を揺らしているのが気に食わない。じろりと睨むと、いたずらっぽく笑われた。

「そうカリカリするなって。俺は普段、家に引きこもってひとりで仕事してるから、たまにはこうして外の人間とも触れ合いたいんだよ」

なにを言う。おまえが熱心に作っているのは、口に出すのもはばかられるようなラブグッズではないか。

実際に声に出して言ってやりたいが、誰が聞きつけるかわからない。結局、口を閉ざしてうつむく。

気まずくなりそうな雰囲気を察したのか、桑名が「そういえば」と話題を変えた。

「まもなく我が社にも新入社員が入ってくる。昨年、うちの部に新人は配属されなかったが、ひとり辞《や》めてしまっただろう。それもあって、今年はフレッシュな力を入れたいと希望を出しているんだ。総務での新人研修が終わったら、五月終わりにはふたりほど新人が来るんじゃないかな？」

「貴重な戦力ですね。最終面談は部長が立ち会うんですよね」

「ああ、その予定だ」

「あ、じゃあ、もしよかったら、俺が教育係をしてみたいです」

元気に挙手する叶野に桐生は微笑む。彼をここまで育てたのは自分だ。

「叶野くんか……」

「なにか問題ありますか?」

考え込む上司を見やると、「いや」と桑名は苦笑いする。

「そろそろ叶野くんも先輩社員として後輩を育てていったほうがいいだろうね。ただ、桐生くんとは真逆の性格だから、新人たちが悪いことを覚えないかなと心配になって」

「えー、俺を信じてくださいよ部長。いままでも俺、模範《もはん》社員だったでしょう? 仕事は早いし、情熱的だし——……言うことは素直に聞くし」

意味深に目配せしてくる部下に、胸がどきりとなる。

「四人でお花見なんて最高のロケーションじゃないですか。周りにひとがいて、俺たちは笑顔で酒を酌《く》み交わしている。まるで、課長の秘密が明かされた夜みたいじゃないです?」

「ひ、みつ……」

「居酒屋で打ち上げしている途中で、課長、酔《よ》っ払《ぱら》ってグラスを倒しましたよね。それでワイシャツをぐっしょり濡らしちゃって……俺と部長が慌てて拭《ふ》いてあげようとしたら、シャツの隙間からちらっと見えちゃったんですよねー。真っ赤にふくらんだ、エッチなおっぱい」

「………ッ!」

瞬時《しゅんじ》にして顔中が熱くなる。背中も脇《わき》も汗がすべり落ち、気持ちが悪い。そんな桐生をそのかすように、叶野は鋭《するど》い犬歯をのぞかせながら悪辣《あくらつ》に笑う。

「あー……いまここで課長を押し倒して、そのかしこまったスーツをひん剝きたいなぁ……。課長の乳首、もうビンビンでしょ。皆で組み敷《し》いて、ほかの奴らに見せつけながら、おっぱいを吸ってあげられたら最高なんだけど」

「ふふ、叶野くんは相変わらず勢いがあるな。聞いているこっちがうずうずしてくるよ」

「部長も、課長を犯したくてたまらないんじゃありません？　スーツを半端《はんぱ》に脱《ぬ》がしちゃって、ネクタイしたままシャツの前を雑に開いたら、ぷるぷるの乳首が見え隠《かく》れしちゃいますよね。課長、恥ずかしがってそこを隠すだろうから、ほかの部分はおざなりになっちゃうんじゃないかな」

「そうだね。だったら僕がうしろに回って、桐生くんのあそこをゆっくり扱いてあげるよ。きっと、もう根元から勃起してるだろうし。硬くしこった蜜袋の奥に指を這《は》わせると、桐生くんはなんとも色気のある声を出す。僕らに犯してほしくて」

　声を低くして囁《ささや》く彼らから逃げ出したい。真顔でこんなにも気の狂《くる》った言葉を次々に言えるなんて、正気の沙汰《さた》ではない。だが、魔法にかけられたかのように身体はすこしも動かず、桑名たちの全身を舐め回すような熱っぽい視線を受け、ぶるっと震えるだけだ。恐怖からだろうか。それとも――期待からだろうか。

　坂本はくちびるの端《はし》を吊《つ》り上げている。すこし顎を反《そ》らし、傲岸不遜《ごうがんふそん》なまなざしで、とんでもないこの事態を見守っていた。

「……そんなに見ないでください。落ち着かない」

「視姦《しかん》って知ってるかな？　いま、僕らはきみを静かに愛《め》でながら、頭の中では思いきり貪《むさぼ》っている。身体の隅々《すみずみ》まで舐《な》め尽くして、あそこもここも蕩《とろ》けさせて、桐生くんが可愛くおねだりしてきたらやっと繋《つな》がるんだ。感じやすいきみはたちまち射精してしまうだろう」

「く……！」

淫らな誘惑《ゆうわく》にくらくらしてくる。いまここで、くずおれるわけにはいかない。会社の人間が楽しげに談笑《だんしょう》しているのだ。だが、脳内では桑名たちにいいようにもてあそばれる映像が、鮮《あざ》やかに流れていた。白い肌を上気させ、みっともない感じで服を剝がされた自分は精一杯《せいいっぱい》、抗《あらが》ってみせるのだが、男ふたりには勝てない。そのうえ、叶野と桑名にかわるがわる乳首をちゅくちゅくと吸われ、否応にも前をきつくしてしまう。そこだって彼らの大きな手で包み込まれてゆったりと扱かれ――揉まれ――最後には……。

こんなことを考えている場合じゃない。夢想《むそう》を断ち切るようにぎゅっと瞼《まぶた》を強く閉じ、胸の奥に溜まった息をすべて吐き出す。無様な姿は見せられないと歯を食いしばっていると、桑名にぽんと肩を叩《たた》かれた。

「ごめんごめん。つい調子に乗った。桐生くんの綺麗な顔が、羞恥に歪むのがどうにも好きでね。皆もそうだろう？」

「大好物です。追い詰めれば追い詰めるほど、課長っていい顔するんですよ。ね、坂本さん」

「まあな。こいつが堪《こら》えて堪《こら》えて、とうとう喘ぐ場面を俺は毎晩見ている。これがなかなか飽《あ》きないんだよなぁ。我ながら不思議なんだが。桐生も大概《たいがい》、往生際《おうじょうぎわ》が悪い」

言いたいだけ言った坂本は立ち上がり、ポケットに手を突っ込む。

「ちょっと煙草《たばこ》吸ってくる」

「ああ、じゃ僕も行くよ」

肩を並べて公園の隅にある喫煙所《きつえんじょ》に向かう桑名と坂本を呆然《ぼうぜん》と見送るかたわら、欲望を剝き出しにしてぺろっと舌舐めずりする叶野に腰裏が甘やかに震えた。

2

お花見を楽しんだ公園で、男たちに手を出されなかったのは幸運だったと言ってもいい。あんな場所で焚《た》き付けられたら、桐生だってさすがにこめかみに青筋《あおすじ》を立てて怒る。あの夜、よほど彼らを怒鳴りつけようかと思ったが、結局できなかったのは人目があったこと。そして、どこかで自分も引きずられているのだと認めていたからだ。

むろん、いつでもどこでも発情するわけではない。獣《けもの》とは違う。たいていの場面ではおのれを厳《きび》しく律《りっ》することができた。そうでなくては、エリートビジネスマンなど到底《とうてい》務まらない。

――自信を持て。堂々としていればいい。

胸を張り、目の前に立つ新入社員たちにちらりと視線を投げた。怖いほどに整った桐生のまなざしを受けると、多くの者は一瞬見蕩《みと》れ、慌てて自制心を取り戻そうとする。ほとんどが失敗するのだが。

いま、目にしているふたりの男はなんとも対照的だ。

「入江慎一《いりえしんいち》です。明桜《めいおう》大学経済学部出身です。よろしくお願いいたします」

深い焦《こ》げ茶《ちゃ》の髪は綺麗に整えられ、メタルフレームの眼鏡をかけた理知的な相貌《そうぼう》によく似合う。ほっそりとした体躯《たいく》には初々《ういうい》しいネイビーブルーのスーツをまとっていた。鮮やかなカナリアイエローのネクタイを選ぶあたり、貿易会社の遊び心をよくわかっている。

「初島光《はつしまひかり》です。明桜大学体育学部出身です。皆さん、どうぞよろしくお願いいたします！」

はつらつとした新人らしく、屈託《くったく》のない笑顔が素《す》のようだ。短い髪と瞳は真っ黒で、初島のまっすぐな気性《きしょう》を表しているようだ。入江とは段違いの逞しい肢体《したい》を誇《ほこ》り、ダークブラウンのスーツに濃いピンクのネクタイを合わせていた。

「彼らが今年の新入社員だ。皆、よろしく頼む。当面は叶野くんが指導することになっているが、入江くんたちが困っている場面を見かけたら、どんどん声をかけてほしい。ね、叶野くん」

「はい。俺も教育指導は初めてなので、皆さんのお力を借りることがあるかもしれません。精一杯、頑張りますので、よろしくお願いします」

桑名の隣に立つ叶野が一礼し、頭を上げる。ふと、彼と視線がかち合った瞬間、一気に体温が跳《は》ね上がった。同時に身体の奥のほうで酷《こく》なほどの熱が唸《うな》り、桐生を追い詰める。ぶるぶると震えるちいさな硬い塊《かたまり》は、確実に桐生の理性を削《けず》り取っていた。

「……桐生くん？　大丈夫かい、調子よくないようだが」

「申し訳ありません。暑い……、ですね。今朝は気温が高かったので、すこし、汗をかいた、ようで」

途中途中で声がつっかえるのがなんとも悔《くや》しい。いますぐにでも、そこに指を深々と挿《さ》し込み、異物を取りのぞきたい衝動《しょうどう》に駆《か》られるが、そんなことをしたらすべては終わる。身の破滅《はめつ》だ。

――トイレに行きたい。個室なら誰にもバレずに処理《しょり》ができる。

暑いと言ったのは額《ひたい》にふつふつと汗が浮かんでくるのがわかり、うつむこうとした矢先《やさき》に張り付くような視線を感じた。叶野の隣にいる新入社員の入江が、じっと見つめてくる。冷ややかなまなざしはなにもかも見透《みす》かすように落ち着き払《はら》っていた。冷徹《れいてつ》とも言える視線にぐっとみぞおちに力を入れ、桐生もわずかに顎を反らし、入江を睥睨《へいげい》する。身長はほぼ同じだ。細面《ほそおもて》で整った顔も、引き締まった身体つきも桐生と似ていた。ただひとつ違うのは、入江はまだ若々しい。この間まで大学生だったのだ。すこしくらい生意気《なまいき》でも許《ゆる》してやろう。

しかし、入江は視線を外《はず》さない。まるで、桐生が抱える秘密を暴《あば》くように。

——まさか、気づいてないよな？　この音が聞こえるはずがない。

冷や汗がたらりと背中をすべり落ちる。その感触に腰骨がじわじわと疼《うず》き、内側の媚肉を抉《えぐ》る塊はますます存在感を増していく。

——やめろ、いますぐ止まれ。こんなところで醜態《しゅうたい》を演じるわけにはいかない。罪悪感《ざいあくかん》に苛《さいな》まれ、うなだれたら絶対に気づかれる。だからここは昂然《こうぜん》と顔を上げ、堪えるしかない。その後の桑名の話は数分で終わった。彼は無用なおしゃべりを好まない。

「では、今日もよろしく。叶野くん、入江くんたちを頼む」

「はい！　じゃ、ふたりともこっちに来て。きみたちのデスクを教えておくから」

素直に返事する新入社員を連れて、叶野が去っていく。桑名も自分の席に戻ったのを確認し、桐生はそろそろとその場を離れ、部屋を出るなり、一目散《いちもくさん》にトイレに駆け込む。幸いにも誰もいないトイレのいちばん奥にある個室に入り、息を吐き出した。それと一緒に肉洞を震わせる塊

――ピンクローターが激しく動き、ああ、と声を嗄《か》らして壁《かべ》に両手をついた。

早く、早く。これを抜かないとおかしくなる。

ここが会社だというのは百も承知《しょうち》だ。しかし今朝、家を出るときに坂本にむりやり仕込まれたローターを取りのぞかないと、仕事なんかできない。もたもたとベルトのバックルを外すと、ぱさりとかすかな音を立ててスラックスが床に落ちる。ぴたっと汗で肌に張り付くボクサーパンツを指でずり下げ、裸の尻《しり》を突き出した。好きでこんな姿勢を取っているのではない。こうしないと、奥まで挿《はい》り込んだ異物をかき出せないのだ。壁を叩きたくなるほどの羞恥と怒りに襲《おそ》われながら、奥歯を噛《か》み締めながら窄《すぼ》まりに手を伸ばす。

きつく締まったそこに触れると、自分の身体ではないようにヒクヒクと淫猥《いんわい》に震えた。じっと息を詰め、そこを探る。勝手にひくつく孔は桐生自身の指を悦《よろこ》んでいるみたいで、腹が立つ。

「くそ……っ」

できるだけ腰を突き出して、片側の手で窄まりを広げながら奥を探ろうとしたが、どうにもうまくいかない。汗でぬるりと指がすべり、孔の縁を軽く引っかくだけだ。もっと強く、尻を開かなければ。涙《なみだ》が目尻に溜まるのを感じて、ぎゅっと瞼を閉じ、桐生は両手で尻たぶを摑んで両側に押し開いた。

「あ……っ！」

空気に触れ、内壁が蠢《うごめ》く。その動きで、中に埋《うず》まるローターがブブブ……とますます振動し、媚肉を危ういほどに疼かせる。

「や……っいや、だ……」

ひとり泣き言を漏《も》らし、夢中で尻を探ったが、どうしても指が挿《はい》らない。自分ひとりで弄るなんてしたことがないのだ。これでは家に帰るまで我慢しなくてはならないのか。だったら、仮病《けびょう》を装《よそお》ってでも早退したい。

「ん――ぅ……は……ぁあ……ぁあ……」

声が悩ましく掠《かす》れていく。熱く潤《うる》む襞《ひだ》を震わせる淫靡《いんび》なローターをどうにかしたいのに。壁をかきむしる桐生は、いつの間にか腰をつたなく揺らめかせていた。中に埋まった異物が生み出す快感は理性を蝕《むしば》み、桐生を振り回す。

だめだ、こんなところで感じちゃいけない。このまま溺《おぼ》れたら――達してしまう。

「あぁぁ……っあ……ん……やっ……」

視界が滲む。息が乱れて苦しい。奥のほうで、じゅわじゅわと濃くて重い蜜がゆっくりと垂《た》れ落ちる錯覚《さっかく》に陥《おちい》った。

「…………ッ…………！」

イく、イってしまう。自分を止めることもできずに昂《たかぶ》るまま昇《のぼ》り詰めようとした矢先だ。こんこん、と扉《とびら》を誰かがノックしてる。

「桐生くん、ここにいる？　どうかしたかな」

桑名だ。顔色を変えて部屋を飛び出した桐生を案じて、探したのだろう。

「つぁ……」

慌てて両手で口を塞《ふさ》いだのに、わずかに声が漏れ出る。たったいまこのときも、ローターが体内で疼く。

「具合が悪くなったんだろうか。大丈夫か？」

答えられない。スラックスは床に落ちているし、下半身も裸だ。急いでスラックスを掴み、引き上げようとしたとき、前触《まえぶ》れもなく、キィッと扉が開いた。

「なんだ、開いてるじゃないか……桐生くん？」

「ぶ、ちょう……！」

弾《はじ》かれたように、両手で湿る下肢を隠した。さしもの桑名もぎょっとしているが、なにも言わない。あまりに慌てていたから、鍵《かぎ》の掛け方が中途半端だったようだ。すっと黒い影《かげ》が足下に落ちる。息を呑んで見上げれば、桑名が深く微笑んでいた。

「ひとりで感じていた？」

「ちが、ちがい、ます！　これは――違う……坂本が……」

「ああ、なるほど。坂本くんがきみのお尻になにかを挿れて出社させたんだね。なんだろう……なにかな？　エッチなものには間違いないだろうけど。よく我慢したね」

「……」

こうしないと、裸エプロン以上のことをすると軽く脅《おど》されたのだ。坂本が独自に開発した追尾《ついび》機能があるというローターを奥深くまで埋められ、オフィスに着くまで気が気じゃなかった。勝手に抜いたら坂本に嬲られることより、いまのように、まったくの他人の前で秘所を晒《さら》すかもしれないということのほうがずっと怖かった。

感じてしまっていることを知られたら、正気ではいられない。

必死に顔をそらそうとしても、背後から顎を摑まれ、肩越しに視線が交わる。大人の貫禄《かんろく》を滲ませた桑名は、余裕たっぷりに桐生を抱きすくめ、するっと尻に手を這わせた。骨張った手を振り払おうと腰を揺らしたが、逆にその仕草は淫靡だったらしい。くすりと笑う桑名の指が窄まりにたどり着き、ひくっと震えるそこをゆっくりと暴いていく。

「ローターだね。きみの中でいやらしく動いてる」

「や、だ……言わないで、ください……」

「このまま出そうか？　それとも——イかせてほしい？」

「な……っなに言って……」

ぞくりと全身がわななくような淫らに濡れた声だけで、最奥が勝手にびくびくと震えた。

「……っだ、め、です……！　こんなところで！」

「じゃあ、このままにしておこうか、でも、それではきみがつらい。大丈夫だよ。僕に任せて。誰にもバレないよう、桐生くんを気持ちよくしてあげる。一度達したらすっきりして、仕事に戻れる。ね？」

「ん……っ……ぅ……ほ、……ほんとう、ですか……」

だめだとわかっていて、期待してしまう。年上の桑名だったらなんとかしてくれる気がした——ほんとうに気のせいだったが。

「ああ、ほんとうだ。約束しよう」

「じゃ、……じゃあ……」

ごくりと喉を鳴らし、桐生は潤んだ目で上司を見つめた。その目が、どれだけ情欲に燃えているかなんて知らずに。

「一度、だけ……っあ、や、やだ、胸……いじらない、で……くださ……っ」

長い指が器用にシャツの前をはだけ、まだ芯《しん》の入っていない乳首をキュッとひねる。それだけで、じゅわ……と身体の奥が濡れ、声を我慢できない。

「懸命《けんめい》に堪えていたんだね。かわいそうに。自分で乳首を弄る暇《ひま》もなかったかい？」

「な、ない……っあぁ……！」

二度三度、ねちねち揉み込まれた肉芽は従順に快感を拾い、身体中がざわめく。桑名をはじめとした男たちの執拗《しつよう》な愛撫《あいぶ》で、以前はただの粒《つぶ》だった桐生の乳首は、いまや乳暈《にゅううん》からふっくらと盛り上がり、真ん中でぽってりと勃起する先端も斜《なな》め上を向く。女のように胸のふくらみがあるわけではないのに、桑名は胸筋に指先を食い込ませ、ぐっぐっと揉み込んでくる。それがたまらなくいい。彼らに弄られるまで、胸が感じるなんて思ってもいなかった。

「んぅ……う……く……っ……」

甘く熟《う》れきった乳頭《にゅうとう》を指先で押し潰《つぶ》され、形を崩すようにくりくりと捏《こ》ねられると、どんなに我慢しても声が漏れる。

桐生は知らない。自身の端整《たんせい》な顔立ちを大きく裏切る、卑猥《ひわい》で感度のいい乳首が、男たちの劣《れつ》情《じょう》を煽ることを。桑名もそうだ。皆に尊敬《そんけい》されるリーダーなのに、桐生の充血した尖《とが》りを目にすると淫らな言葉をいくつも吐《は》く。

「部長……っそこ……そこ、や、いやだ、……そんなに……っ捏ねないで、ください……」

「こんなに身体を熱くしてるのに」

桑名の言うとおりだ。肉芽はとうに芯が入ってしこり、むにむにと先端に向かって指の腹で絞《しぼ》り出すように擦られると、むちっと割れ目が生まれる。男にも乳腺《にゅうせん》があるのだ。桑名や叶野、坂本に嬲られた肉芽の先は、いまにもなにか滲み出しそうな勢いでむちむちとひくつき、上司の指を楽しませていた。

「いい弾力《だんりょく》だ。きみの乳首を触るだけで一日が過ごせそうだね」

「うん……っ……っぁあ……あ……あぁ……」

「こっちも開こうか」

窄まりを指で広げられ、肉襞を抉るようにしてローターがかき出された瞬間、強い衝撃《しょうげき》に視界にちかちかと火花が散った。膝が震えてそのまま床にへたり込みそうだ。

「こら、だめだよ。このままじゃ、きみがおかしくなる」

「え……ぁ、でも……でも……」

まだ疼いているとはいえ、もう異物はない。しばしやすめばいいのではないかと思ったが、桑名が可笑しそうに笑い、桐生の雄に手を伸ばす。そこはぎりぎりまで硬く張り詰めていた。

「あ、あ！」

「ほら、ね？　お尻ばかり気にしていて、こっちを心配していなかっただろう。こんなに硬くなっていることに気づいていたら、とっくに扱いていたかもしれないね」

「だめ……っだめです……っそんな、強く、扱いたら……っや、やだ、イく……出ちゃ……！」

大きな手でペニスを淫らに擦られて、ひと息に高みへと押し上げられた。

「あぁぁぁ…………ッ…………くわな、部長………！」

どっと身体の奥から熱いしぶきが飛び出す。勢いよく、びゅっ、びゅっと甘蜜が桑名の手を濡らす。出しても出しても飢《う》えていて、肉竿は何度も跳ね、そのたびに白濁を吐き出す。

「ああ、いいよ……。桐生くんの性器が僕の手の中で震えている。なんて敏感なんだ。誰よりも綺麗で取り澄《す》ました桐生くんが、あられもなく射精する場面に立ち会えて、光栄だ。さあ、もっといいことをしよう。壁に両手をついて、僕に向かってお尻を突き出してごらん」

「ん……ぅ……っ！」

怖じけて身体がこわばったが、じっとしていることもできない。おずおずと両手を壁にあて、臀部を突き出した。お堅《かた》いイメージの桐生が服を乱して乳首を真っ赤に腫《は》らし、秘められたそこを晒すのが桑名を駆り立てるのだろう。いつの間にか下肢をあらわにしていた桑名の熱い肉棒が、蕩ける孔にひたりと当たる。そのまま何度か亀頭でアナルの縁を擦られ、ぐうっと長い竿が押し挿ってきた。

「あ――……っあぁ……っふか、い……！　やぁ……あっ……あっ……あ、奥、おく……！」とどいてしまう……っ」

みちみちと貫いてくる硬い男根に、嬌声《きょうせい》を上げてしまう。繰り返し、奥歯を噛み締めた。楽しそうに笑ってズクリと深いところを突き上げてくる桑名が、「もっと。もっとだ」と囁いて、桐生の片方の膝裏を掴んで持ち上げ、広げてきた。

片方の足だけで立つという不安定な格好で、前立腺《ぜんりつせん》をごりごりと擦られる快感に頭から呑み込まれそうだ。普段はもっと愛撫されてから繋がるのだが、今日は違う。ちいさなピンクローターで肉襞を抉られ、重くしこるふくらみを機械的に嬲られた。そこをいま、生々《なまなま》しい熱杭がしこりを押し潰すように抜き挿しを続け、熱くて熱くてしょうがない。

「見てごらん。僕のものは長くて硬いから、こんな姿勢でもきみのいいところを突いてあげられるんだ。出たり挿《はい》ったりしているところが見えるかい？」

言われるがままにうつむけば、ぬうっと根元から勃起するグロテスクな雄が深々と秘所に刺《さ》っているのが見える。軽く腰を引かれるとヌチュッと粘《ねば》った音が耳朶《じだ》を打ち、物足りなさに桐生が呻くと、再びずくずくと赤黒く染まる根元まで埋め込まれる。

「あっ……くぅ……」

真っ黒な繁《しげ》みに覆われた桑名のそこは、先ほどの桐生の残滓《ざんし》で卑猥に濡れそぼっていた。てらてらと光る肉棒が、繰り返し繰り返し孔に突き刺さるのを目で確かめたら、うずうずと激しい渇《かつ》望《ぼう》がこみ上げてくる。ここがオフィスだということも、誰がいつ入ってくるかわからないトイレだということも頭から抜け落ち、ただ桑名に貪られたい。その硬い凶器で貫いてほしかった。

「桐生くんは普段とても冷静なのに、こういうときは正直で可愛いよ。考えていることがぜんぶ

顔に出る」

「う……」

恥ずかしくて顔から火が出そうだが、内腿の筋が痛くなるほどに片足を抱え上げられ、じゅぷじゅぷと突き込んでくる桑名とともに荒い息を吐いた。すこしでもバランスを崩せば倒れそうなのに、桑名がしっかりと抱き留めてくれているおかげで、張り出したエラでたっぷりと縁を擦られ、最奥も亀頭でぐるりと舐め回された。

「あっ、あっ、もう、っイきたい、だめです……！」

「いいよ。イきなさい」

「んん――ッ……あぁ、あぁ、イく……！」

びぃんと全身を甘い電流が走り抜けた。ひと息に絶頂へと誘われて身体を大きく震わせ、何度も桑名をきゅうっと締め付けながら吐精した。達したばかりの身体は言うことをきかず、勝手に暴走してしまう。

「ふふ、感じまくってるんだね。もうすこしイかせてあげよう」

「んぅ、っ、ッ、だめ、あぁっ、や、あ、イってる、イってるから……これ、以上……っ！」

「もっとよくなる。この先にきみ自身が知らない快感がある」

甘く艶やかな声は余裕と支配力に満ちていて逆らえない。熱い男根に串刺《くしざ》しにされる愉悦《ゆえつ》は言葉にできなかった。気が遠くなるほどにごしゅごしゅと貫かれ、喉はからからだ。これ以上はもうむりだというところまで追い詰められ、蜜で濡れきった丸みのある亀頭を撫で回す桑名が、ずんっと一突きしてきた。最後の最後まで満たされ、桐生は肩で息をする。社内でこんなに感じるなんて思わなかった。もう何度達したかわからなくて、頭の中は真っ白だ。

そういえば、桑名はこれで満足なのだろうか。

「部長……部長は、……あの……いいんです、か」

「僕はきみを抱けるだけで満足だ。ここで桐生くんの中に出してしまったら後始末が大変だしね。でも、きみはいいんだよ。出し切ってごらん。家に帰って坂本くん相手に変な気を起こさないようにしてあげる。ところでどうしてローターを入れられたんだ？」

「……………」

いまさらながらに赤面した。

「今日、新人が来るから、万《まん》が一《いち》彼らに襲われたら……もう、……この身体にはほかの男がいるってことを……教えてやれって、バカなこと言って」

「坂本くんは正しいな。きみにそそられる男は入江くんと初島くんだけじゃないんだよ。うちの会社中の男がきみを狙《ねら》っていると思ってくれ」

冗談《じょうだん》交じりに言う桑名を見上げた桐生は、深くため息をつく。そんなことが実際起こったら、もう家から一歩も出ない。

くすくす笑う桑名が慎重《しんちょう》に身体を離しながら、「綺麗にしてあげるよ」と囁いてきた。

3

「叶野、入江と初島の教育は順調に進んでるか」

外回りから帰ってきた部下に声をかけたのは、六月に入った頃だ。梅雨《つゆ》の季節だが、ときどき晴れると陽の光が強く煌《きら》めき、夏へと近づいていることを知らせてくれる。

この季節に似合うシルバーグレイの洒脱《しゃだつ》なスーツを身に着けた叶野はちょっとためらいつつ、「はい」と笑みを浮かべていた。

「入江くんは真面目で、ちょっと融通《ゆうずう》が利かないところもあるんですが、とにかく仕事が丁寧《ていねい》です。初島くんは俺とちょっと似てますね。素直だけどバカ正直というか、裏がなさすぎるというか」

自分のデスクに鞄《かばん》を下ろした叶野は、機嫌よさそうに白い紙でできた箱を見せてくる。

「評判《ひょうばん》のドーナッツを買ってきたんですよ。ひとつ食べません？」

「ドーナツか。すいぶん食べてないな」

「俺もです。ここのお店、ちょっと前からSNSで話題になってたんですよね。いまどきめずらしい素朴《そぼく》な味わいが楽しめるって。皆に食べてもらえるように多めに買ってきちゃいました。先に俺と課長でいただいちゃいましょ」

隣に椅子《いす》を引っ張ってきて腰かける叶野から、真っ白な砂糖《さとう》をまぶしたドーナツを受け取った。見ているだけで歯が痛くなりそうなほどの砂糖が振りかけられている。ティッシュを手元に敷《し》いて、大きく開けた口でかぶりついた。

「ん、……美味しい。ふわふわしている」

「ですね。これだけ砂糖がまぶしてあるなら、ただ甘いだけなのかと思ってましたけど、香ばしく揚《あ》げてあるのがわかります。んー、うま。大きさもちょうどいい」

三口くらいであっという間に食べ終える叶野を微笑ましく見つめた。

「こっちのクリスピードーナツも食べちゃおう。課長ももうひとつどうです?」

「いや、私は満足だ。このあとの昼食が入らなくなる。おまえは食べろ」

「んじゃ、いっただきまーす。あ、ランチ、俺もついていっていいですか?」

「構わない。今日はパスタを食べようと思ってるんだが」

「ぜひぜひ。あれですよね、うちから歩いて五分くらいのところにある路地裏《ろじうら》の店。あそこのボンゴレパスタが大好きなんですよね。俺、もともと貝が大好物なんですけど、あのパスタは毎日食べてもいい」

「私はミートソースだな。いつもシャツにソースを飛ばしそうでひやひやするが」

「わかります。俺、絶対にナプキンを胸に広げますもん」

ほがらかな叶野に桐生も頷《うなず》いた。行きつけの店は大きめのナプキンが用意されているので、ちょっと照れながら胸元に広げる。子どもならともかく、いい大人が赤いソースを飛ばさないかどうかとびくびくしながらパスタを口に運ぶという絵も結構可笑《おか》しいものだ。

「ドーナツは二個までにしておけ。それ以上食べたらパスタが入らなくなるぞ」

「了解です。あ、ええと、昼飯ご一緒していただけるなら、ちょっとだけ話聞いてもらってもいいです……?」

機嫌を伺《うかが》うような声音《こわね》にすこし目を瞠《みは》り、「もちろん」と頷いた。叶野が相談を持ちかけてくるのがめずらしいわけではない。その声音がいつになく不安そうだから、気になる。

「いまでもいいが」

「いえ、大丈夫です。ランチのときにゆっくりお話しします」

そう言ってPCに向かう叶野を横目で眺《なが》め、桐生も息を吐いて手元の書類に目を落とした。


それぞれのパスタを待つ間、冷たい飲み物に口をつける。桐生はアイスティーで、叶野はアイスコーヒーだ。日に日に夏が近づいてきて、休憩《きゅうけい》時間はアイスドリンクがほしくなる。おおぶりのグラスに埋まった氷をストローでカラコロとかき回しながら、店内に視線を移す。すこし早めにオフィスを出てきたせいか、昼の混雑にはぶつからずにすんだようだ。

「ここのパスタはうちの会社でも大人気だ。ほかの社員ともたまに顔を合わせることがある」

「あ、俺も。前に、このお店でどのパスタが好きか、皆でランキングを作ったことがあります。

堂々の一位は桐生課長も大好きなミートソース。二位はたらこパスタ。三位はアラビアータ。俺の好きなボンゴレビアンコはなんと六位でした。いいんですけどね、べつに」

「私もボンゴレビアンコは好きだが、あさりの中身を取り出すのが面倒だというひともいそうだな」

「あー、あれか、確かに。でも、殻《から》付きじゃないと逆に美味しくなさそうというか。絵的に映えないというか。コンビニで売ってるヤツだと殻がなくてサクッと食べられるんですけど、ちょっと色気がないですよね」

「わかる」

ふたりして笑い合う。

「それで、なんだ。話したいことって」

努めて穏《おだ》やかに切り込む。叶野はちょっと言葉に詰まり、テーブルに残るグラスの痕《あと》を指で辿《たど》っていた。

「……笑わないでくれますか？」

「おまえの話で無責任に笑ったことはないだろう」

真面目に返すと、叶野はふっと顔を和《やわ》らげる。

「おっしゃるとおりです。桐生課長、俺の入社当時から熱心に指導してくださいましたよね。自分でも勢いがありすぎて、ときどき手に負えないと思うのに」

「自分で言うな」

ちいさく吹き出した叶野は肩をすくめ、「じつは」とアイスコーヒーのグラスを両手で包み込む。

「新人くんのことですけど。じつはちょっと手こずってるんですよね」

「どんなところで?」

「ふたりとも、返事はいいんですけど、結構、手を抜くんですよ」

「そうなのか……」

意外だった。

ランチに出る前、一服《いっぷく》したくて社内の喫煙所に立ち寄ったところ、偶然《ぐうぜん》、新人社員のひとりである入江と出くわした。奥の壁にもたれて美味そうに煙草を吸う入江は、桐生の顔を見るとふうっと煙《けむり》を吐き、「お疲れさまです」と頭を下げた。

彼が喫煙者であることは歓迎会《かんげいかい》で知っていた。新入社員を出迎えるための席は、美味い店をよく知っている桑名が担《にな》い、ジューシーな串焼《くしや》きが味わえる店に案内してくれた。皆で新人に話を聞く間、店の隅で煙草を吸っていると、入江も近づいてきて「課長も吸うんですね。お邪魔《じゃま》してもいいですか」と丁寧に聞いてきたので、「もちろん」と答えた。

そこではたいした話はしていない。大学時代、どんなサークルに所属していたか。いまの趣味はなんなのか、取るに足らないことだ。ミステリ研究会に所属し、いまの趣味もミステリ小説や映画を楽しむことだと返してきた入江は煙草を一本吸い終えると、また初島の隣に戻っていった。

先ほど喫煙所で顔を合わせたときも、「仕事は順調か」と訊《たず》ねたら、「なんとかがんばってます」と微笑んでいた。入江たちが桐生の部署に配属されてから一か月近くが経《た》つ。すっかり馴染《なじ》んだとはまだ言えないだろうが、社内の人間の顔はもう覚えた頃だろう。

「今度、叶野さんと初めて取引先に挨拶《あいさつ》へ行ってきます」と言っていた入江だが、とくに緊張《きんちょう》した様子はなく、堂々としていた。それも、彼の個性なのだろうと考えていたが、いま目の前にいる叶野はほんとうに困った様子だ。

「おまえがそんな顔を見せるのもめずらしい」

「そうなんですよ……情けないですよね。クールで有能な課長と違って、俺、いろいろあけすけだから舐められてるのかもしれません」

「たとえば、どんなことで」

「たいしたことじゃないんです、ほんとうに。仕事はちゃんとやってくれてます。いまはまだ書類整理や電話取りがメインですけど、今週中には取引先に連れていく予定ですし。でもあの……入江くんも初島くんも、こっそり煙草休憩に行っちゃうんですよ。喫煙者は始業前と十時、お昼、十五時あたりに一服するようにってことになってますけど、彼ら、トイレに行くついでに喫煙所にも寄ってるらしいんですよね。他部署の奴から聞いたんですが」

「なるほどな……」

相づちを打ちながら、ついさっき喫煙所で会った入江のことを思い出していた。

桐生の周りには喫煙者が多い。桐生もそうだし、桑名も紙煙草派だ。時間や場所を問わず吸うわけではなく、むろん、喫煙可のスペースだけで吸うようにしている。

昔は勤務中に好きなように煙草休憩に行く者が多かったという話だが、いまは決まった時間だけだ。そのほうがかえって仕事のペースを乱さなくてすむし、ほっとひと息ついたときの煙草の美味さは格別だ。

「ルールを破ったからと言って、いまのところまだ明確な罰《ばつ》を与えられるものではないしな。たまたまその場面に出くわしたら、口頭で注意するくらいだ」

「ええ。俺自身が見たわけではないから、言いづらくて。ああいうのも仕事をサボってるっていうのかどうか、ちょっと迷《まよ》いがあって」

確かに叶野の言うとおりだ。こっそり煙草を一本吸うくらいなら、皆、目をつぶる。外にあるカフェに逃げ込んでいるのとは事情が違う。

「でも、この間入社したばかりの奴がやるには、堂々としすぎているのは問題だな」

「ですよねえ……。いまはまだ煙草程度ですんでますけど、エスカレートしないかなってちょっと心配で」

叶野の言い分もわかる。先輩《せんぱい》社員として、入江や初島のような者はいささか扱いづらいだろう。

「大きなミスをやらかしたわけでもないからな。――叶野はそういうことが一切なかった。私が新人教育している間も熱心に仕事に取り組んでいたし、失敗してもちゃんと挽回《ばんかい》していた。軽《けい》薄《はく》な見た目とは違って、意外と真面目なんだなと感心した覚えがある」

「ひっどい、課長」

気が楽になったらしい叶野は口元をほころばせて、運ばれてきたパスタを美味しそうに口に運ぶ。

「あ、やっぱ美味い。あさりの出汁がよく利《き》いてるんですよね。コンソメスープとサラダがついて千円って、このあたりじゃ安くありません？」

「助かるよな。ランチに出るのは毎日だし」

「コンビニ弁当でもいいかって日もあるけど……そうだ。今度、俺が課長にお弁当作ってあげましょうか」

「なんなんだ、それは」

叶野がキッチンに立って、ちまちまとお弁当箱に具材を詰めている場面を想像したら、やけに可笑しい。

「俺、こう見えても自炊《じすい》得意ですよ。昨日だって肉じゃが作ってましたし。あれ、すこし多めに作って翌日《よくじつ》のお弁当に詰めると、たまんなく美味しいんですよね。ジャガイモやニンジンに味が染み込んでて。フレンチトーストやパンケーキなんかもパパッと作って朝から食べますし。課長は朝食、なに食べます？　和食？　洋食？」

「うちは和食だ。朝から味噌汁《みそしる》とごはんを食べないとどうも落ち着かないんだが、フレンチトーストは好物だ」

「じゃ、今度作ってあげます。そのときはぜひうちで。坂本さんにまでごちそうするのはやっぱ悔しいし。あのひとは俺の永遠のライバルですからね」

肩をそびやかしてバカなことを言う後輩《こうはい》に吹き出し、「楽しみにしてるよ」と言いながら、皿に残ったパスタをくるりとフォークに巻きつけた。

叶野の悩みを聞いてから三日後のことだ。別部署に書類を届けた帰り、喫煙所の前を通りかかった桐生はぴたりと足を止めた。そのまま、ガラス張りのブースの扉を開けると、中にいた男性社員がびっくりした顔を向けてくる。

「入江、初島、ふたりともまだ仕事中だろう」

声をかけられた新人たちはそろって「はい」と頷く。日頃、爽《さわ》やかな笑顔を見せる初島は、上司に見咎《みとが》められてさすがに恐縮《きょうしゅく》している。しかしその隣にいる入江は、どこか澄ました顔だ。

「社内の規則があるだろう。喫煙者だったら、総務部での研修期間中に聞いているはずだが」

「すみません。どうしても吸いたくて」

大きな図体を縮《ちぢ》こめて初島が呟《つぶや》き、深々と頭を下げる。一瞬遅れて、入江も同じ仕草を見せる。

入江の先ほどの表情は引っかかるが、ここであまりうるさく言っても逆効果だ。最近の新人は一度軽く叱《しか》ったら、即日《そくじつ》退職届を出す者もいるという。彼らより数年先に社会人デビューしている桐生としては、あまり口うるさいことも言いたくないのだが、黙《だま》って見過ごすのも違う気がした。

給料をもらっている身分なのだし。

「あの、誰かに言います……?」

機嫌を伺う口ぶりの初島に首を振った。

「言わないから安心しなさい。今日のところはな。二度目はなしだぞ」

「ありがとうございます……！　よかったな入江。ほら、もう行こう。失礼します」

「失礼します」

深く一礼したふたりが立ち去る。喫煙ブースを出る直前、入江が肩越しに振り返り、薄く笑った気がした。

おい、と言いかけて足を止める。いまのはなんだったのだ。見間違いだろうか。

眉《まゆ》をひそめて若々しい背中を視線で追っていると、ジャケットのポケットに入れていたスマートフォンが振動する。坂本がラインにメッセージを投げたようだ。なんの気なしに見て、ぎょっとした。

「あいつ……！」

ギリギリと奥歯を噛み締める。昼日中、あの男が送ってきたのは、あろうことかエプロン姿で悶《もだ》える桐生の写真だ。とっくに忘れていた痴態《ちたい》が脳裏によみがえり、顔がかっと熱くなる。こんなもの、いつの間に撮ったのだろう。桐生が快感に溺れている隙に撮ったらしく、背後からのショットだ。素肌にエプロンだけをまとった自分というのは思ったよりも扇情的《せんじょうてき》だ。見えているのが背中だけというのもあるだろう。

どんな表情をしているのかもわからず、しなやかに反り返る背中は他人のもののように悩ましい。形のいい丸みのある後頭部に、エプロンの片側の紐がずり落ちているせいか、肩甲骨がちらっと見える。張り出した腰のラインも色っぽい。尻の狭間がぎりぎり写っていた。丸見えじゃないのは、坂本が覆い被さりながらスマートフォンのカメラを向けたせいだろう。

「……くそ……」

唸《うな》りながら画面を凝視《ぎょうし》する。消せ、と強く言えば、坂本はなにも言わず消去する。しかし、元データはなにがあっても保存しておくタイプだ。そして、ここぞというときに桐生に見せつけて辱《はずかし》める男だということは、長いつき合いの中でいやというほど知っている。

一度くらい仕返しをしてみたい。坂本を、あっと言わせてみたいと想像し、次の瞬間、だめか、と肩を落とした。用意周到に計画を立て罠《わな》にかけても、頭のいい男だ。さっと逃《のが》れるだろうし、あっと言うところなんかこれっぽっちも浮かばない。こころの中では驚きつつも、表向きはニヤニヤする奴だ。常識的な自分とは根本的なところから違う。

この写真が、桑名と叶野、坂本と自分のグループラインに送られてないだけでもよしとしよう。はしたない姿を桑名や叶野が目にしたら、即座《そくざ》に桐生は追い込まれる。

ため息をついてスマートフォンをポケットに戻そうとすると、再び画面が明るくなった。

今度は叶野からメッセージが届いている。まさかさっきの写真を目にしたのかと、はらはらしながらトーク画面を開けば、『すみません、体調がよくないので早退します』とあった。

「めずらしいな、あいつ」

裸エプロンのことも一瞬忘れ、画面に見入った。知るかぎりでは、叶野という男は過去一度も風邪《かぜ》を引いたこともなければ、その他、体調不良で早退したり欠勤したりしたことがない。会社としては無理を押してまで仕事に勤しんでほしいわけではないし、桐生自身、ひどいインフルエンザにかかって一週間ほど休んだことがある。

――バカは風邪を引かないと昔から言うのに。

能天気《のうてんき》な叶野がよろけながら帰るところを想像したら気《き》の毒《どく》で、ふっと笑った。どういう状態かわからないが、様子を見に行ったほうがいいと考え、桐生は仕事を終えたあと、叶野の住む街へと向かった。オフィスから電車を一度乗り継ぎ、五駅ほど行ったところにある下町に、叶野の住処《すみか》があるようだ。

恵まれた家庭に育った桑名や課長職で安定している桐生とは違い、叶野は若き独身だから、そう豪勢《ごうせい》な場所ではないだろう。駅前のコンビニでスポーツドリンクや栄養剤《えいようざい》、ヨーグルトにゼリー、レトルトのおかゆを買い込んで、スマートフォンで住所をチェックしながら見知らぬ街を歩く。

十分ほど歩けば、探していた建物が見つかった。交通量が多い道路に面したマンションは思っていたよりも年季《ねんき》が入っている。エントランスのパネルでおそるおそる部屋番号を押してインターフォンを鳴らすと、『……はい』としゃがれた声が聞こえてくる。

「叶野か。私だ。大丈夫か」

『課長……！　え、あの、いま開けます。どうぞ』

あたふたする気配とともにオートロックが解除され、自動ドアが開く。エレベーターは一基しかないし、三階なら階段のほうが早い。軽快に目的階へとたどり着き、廊下《ろうか》のいちばん奥にある部屋へと向かうと、扉を半分開けて身を乗り出している叶野の姿が見えた。

「部屋に入っていていいのに。ほら、これ。たいしたものじゃないけど差し入れだ」

「すみません、わざわざ。わ、俺の好きなヨーグルトだ。とにかく上がってください」

濃紺のスウェットに身を包んだ逞しい叶野のあとに続き、独身男の部屋に足を踏み入れた。

「散らかってて……」と叶野は恐縮しているが、1DKの部屋はきちんとしている。帰ってきてすぐに空気を入れ換えたらしく、窓が細く開いていた。

「夜風は身体に障《さわ》るから閉めるぞ。もうなにか食べたか」

言いながらキッチンを眺めた。二口あるコンロにはケトルが置かれ、脇《わき》に片手鍋《かたてなべ》があった。狭《せま》いながらも電子レンジに炊飯器《すいはんき》、トースターとひと揃《そろ》いしている。

「帰ってきたばかりでまだなにも。今日は食欲なくて、昼からなにも食べてないんですよ」

「すこしは食べないとよくならないぞ。おかゆを温めるから食べろ」

「いいんですか？」

パッと顔を輝かせる叶野が食器棚《しょっきだな》から深めのお椀《わん》を取り出す。それにパウチのおかゆを移し、ラップをかぶせてレンジに入れた。温まる間、室内を見渡していると、叶野は照れくさそうに肩をすくめる。

「課長が来るってわかってたら、もっと綺麗にしといたのに」

「充分じゃないか。キッチンも綺麗だし」

視線を転じて、こほんと咳払《せきばら》いした。ダイニングキッチンの向こうにある部屋の引き戸は開けられており、ふんわりとした水色の布団がかかったベッドが見えたのだ。

オフホワイトの壁には、桐生も知っているアメリカの人気バスケ選手の大型ポスターが貼《は》られている。目の休まるグリーンや気の利いた小物はなく、こざっぱりとした男らしい部屋だ。

「いい部屋だ。意外と丁寧に暮らしてるんだな。ここに住んで長いのか」

「大学入学を機に越してきたんで、だいぶ」

ダイニングキッチンには青いソファとガラステーブルがある。レンジが可愛らしい音を立てたことに気づき、用心しながら器《うつわ》を取り出してガラステーブルに運んだ。たまごのおかゆを軽くスプーンでかき混ぜ、わくわくした顔で隣にやってきた部下に、「冷めないうちに食べろ」と勧めた。

「お言葉に甘えて、いただきます」

すとんとソファに腰を下ろし、ふうふうとおかゆを冷ましながら口に運ぶ叶野の横顔を、なんとはなしに見つめる。目の前にあるテレビのスイッチを入れるかどうしようか迷う。叶野は夢中でおかゆを食べていて気づかないかもしれないが、桐生まで口を閉ざすと、途端に室内がしんと静まり返り、なんだか落ち着かない。

「……美味しい……おかゆなんて久しぶりだ」

しみじみしている叶野にくすりと笑い、「熱はないか」と訊《き》いた。

「いまのところは。なんかねー、季節の変わり目にはちょっと弱いんですよ俺。たまに風邪引きますけど、たいていひと晩で治るんです。今回のもそうじゃないかな」

「薬は？　飲んだか」

「うちにあったやつを、さっき。あー、満足……」

綺麗に食べ終えた叶野は腹をさすり、ソファに背を預《あず》けて長い足を伸ばす。

これまで叶野のいろんな顔を見てきたつもりだが、こんなにリラックスした表情を目にするのは初めてだ。ここが彼のテリトリーだからだろう。

「腹いっぱいになったら寝ちゃいそ……」

「だったらベッドに入れ。ここで寝たら風邪をこじらせるぞ」

もたれかかってくる年下の男を支えて立ち上がろうとしたが、そのままのしかかられて一気に鼓動《こどう》が速くなる。

「おい、叶野？　大丈夫か？　気分悪くなったか」

「んー……」

そっと額《ひたい》に手をあてると、すこし熱い。

ソファでもつれ合っていたら、よけいに身体に差し障る。そう思って叶野の身体の下から這い出してベッドに連れていこうと思っているのに、大きな塊はまるでぬいぐるみのようにくたんともたれてくる。

「課長……いい匂《にお》いする……」

「バカなこと言ってないで、ベッドに行け」

「やだ」

「子どもかおまえは。やだじゃない。後片付けは私に任せて、もう寝ろ」

「えー……」

　黒目がちのいたずらっぽい視線がちらっと飛んできたことで、思わず胸が高鳴る。間近で見る叶野はいつもよりずっと雄っぽくて、危険だ。

「お薬として、課長がほしいです」

「バカか。熱出てるぞ」

「ほんとですって。課長がいちばんの薬です。たくさん飲ませてくれたら絶対治るんだけどなあ……」

「な……なにを……飲むというんだ」

　鼓動がひとつ、ばくんと大きく跳ねた。危ういほどに顔を近づけてくる叶野が、間近でにこりと笑う。穏《おだ》やかというよりも、犬歯をのぞかせるぎらりとした鋭《するど》い笑みだ。

「わかってるでしょ、課長の——ココに詰まってるミルクをたっぷり飲みたい」

　ツン、と身体の中心を指先でつつかれて、ぞくぞくと快感が全身を走り抜ける。たちまち力が抜けて、蕩けた吐息を漏らしてしまいそうなのを必死に堪えた。

　そこをつつく指は、ずるく円を描《えが》き、しだいに盛り上がっていく塊の形をツウッとなぞり下ろしていく。

「……やめ……っかの、……う、おまえ……熱、あるくせに……！」

「そうです、俺はいま熱があるんです。ここでこじらせたら課長だって良心が痛むでしょう？」

勝手なことを言う部下は、桐生のそこをそっと手のひらで撫で回し、すこしずつ中心に熱を集めていく。突然のことにとまどうが、身体は正直だ。叶野に教え込まれた快感が身体の底からこみ上げてきて、ああ、と首をのけぞらせて喘いだ。煌々《こうこう》と明かりのついた部屋で淫らな姿を晒したくない。歯噛みするのだが、勝手知ったる叶野の指は下肢を弄り回したあと、もったいをつけてジャケットの前をはだけ、ワイシャツのボタンを外してくる。

「ん……ぁ……っ……」

外気に触れた肌はざわめき、叶野の愛撫《あいぶ》に応えてしまう。大きな手のひらが片側の胸をすっぽりと隠し、胸筋ごと、じわじわと揉み込んで指を食い込ませてきた。

胸なんて感じない——散々嬲《なぶ》られたいまでも、固く信じている。叶野や桑名、坂本しか知らない身体だから敏感になっているだけだ。ほかの男に触れられても絶対感じない。

——でも、前に出会ったSMクラブのプレイヤーの守《まもる》さんにも胸を弄られて感じてしまった……。

自分は、もしかして淫乱なのだろうか。いや、違う。そんなことはない。この身体に触れてきた男たちが、とびきりいやらしいだけで、ほかの男はもっとまともなはずだ。巻き込まれてはいけない。叶野たちに流されてはだめだ。確かに愛情はあるけれど、普通に抱いてほしいと思うのは過ぎた願いか。性に疎《うと》い桐生だが、世のセックスがどんなものか、おぼろげながら浮かぶ。抱き合ってくちづけ、それなりに触れ合ったら繋がる。そこにあるのは互いを想う温かさで、こんなにも身体の隅々を針《はり》で突き刺すような快感ではないはずだ。おのれを戒《いまし》めるが、いつまで経《た》っても、うぶな身体は叶野のねちっこい責め方に従順だ。

「課長、もしかしてほかのこと考えてます？　だめですよ」

意外に鋭い叶野の言葉にぎくりと身をすくませた。胸の裡で叶野たちをなじっていたのがバレたのか。

「なにも……考えてない」

「ふうん。だったら、もっと気持ちいいことしちゃおうかな。課長が俺とのセックスしか考えられなくなるくらい。ほら、乳首だってもう尖ってる。先端コリコリにしちゃって、やーらし」

くっくっと肩を揺らして笑う男に、頬がかっと熱くなった。

違う違う。自分はそんなにはしたない男じゃない。

抵抗したいのだが、口から漏れ出るのは、せつなげな声ばかりだ。

「や……だっ……む、胸……いじるな……！」

「えー、ほんと？　先っぽ、もう真っ赤ですよ。課長のおっぱい、根元からふっくらして、ほんっとエッチですよね。俺が弄ると赤く色づいて、ほかの誰とも違ってマジで淫乱」

「どこで、他人の胸なんか見るっていうんだ……」

「銭湯《せんとう》とか、サウナとか？　俺ね、課長とこうなってから前より同性の胸をちゃんと見るようになったんです。もちろん、エッチな意味じゃないですよ。皆、課長みたいにグミのような、ぷるんぷるんの乳首なのかなっていうことを知りたいだけです」

「……ほかの男だって……こんなもんだろう」

鋭い愉悦に、ふっと鼻で笑う叶野が、なんの前触れもなく肉芽を口に含《ふく》んでがじりと食《は》む。鋭い愉悦に、

「あっ」と声を上げたのが引き金になった。

「あ、ぅんん、っん、や、や、噛むな、……ッ……！」

「課長だけですよ。こんなスケベなおっぱい隠し持ってる男って。確かに、坂本さんに仕込まれる前は普通に平らな胸だったんでしょうね。でも、課長は開発された。いまじゃ乳首を俺にちゅっちゅされるだけで、射精しちゃうくらいに感じまくるようになったんですよ。それって、素質《そしつ》があったってことです。こういうことをされるのが本気でいやだったら、とっくに課長は逃げ出してますもん。坂本さんや俺の前から。違います？」

そう言うあいだにも、ちゅるっと乳首をいじわるく吸い上げられて、腰裏がじわんと熱くなる。

叶野の言うとおり、この身体は坂本の手によってじっくりと育てられてきた。もともと、その萌《ほう》芽《が》はあったのだろう。認めたくないが。坂本にほのかな恋心を抱いていたのも事実だ。だからといって、乳首をいたぶられて感じるということには繋がらない。

「おまえたちが……むりやり、こうしたんだろう……っ……ん、あ、ン、だめ、だめだ、そんな強く吸ったら……」

「吸ったら、なに？　もっとあちこち触られたくなっちゃいます？　違うか。エッチな課長のことですもん。綺麗な顔して、頭の中じゃ俺にズボズボしてほしいって思ってるのかも」

「んん……！」

苦笑交じりの叶野は右、左と乳首の根元をつまんで、きゅうっと先に向かって搾《しぼ》り上げ、ぷくんとふくらんだそこを、ちろちろと舌先で舐《ねぶ》り回す。じんじんとした疼きが全身を覆い尽くし、いまにも嬌声を上げてしまいそうなほど気持ちいい。

「言って、課長。おっぱい気持ちいい、もっと吸ってほしいって。いまの俺、風邪の引き始めだから課長のやらしい声聞いたら一発で治っちゃいます」

「バカ、そんなわけある、か……っ……あぁ……！」

コリッと強めに乳首をねじられた瞬間、艶の滲む声を放つ。それはもう、叶野に屈服《くっぷく》した証拠《しょうこ》だ。

「言わないなら、やめちゃいますよ。そうしたら俺は、課長の乳首を舐められない病で入院します」

絶対どうかしている。叶野はもともと卑猥な言葉で追い詰めてくる男だが、熱があるいま、その力が炸裂《さくれつ》し、桐生をいたく恥じ入らせた。

だが、年下の男のボキャブラリーにとうとう観念《かんねん》し、ぽそぽそとちいさな声で呟いた。

「……っ、ほしい……」

「聞こえませーん。やめちゃおっかなあ」

「あ……！」

熱いくちびるがいまにも離れそうなことに慌てて腰をよじった。

「……舐めて、ほしい……」

「どこ？　耳とか？　首筋とか？」

「違う！　……む、胸を……吸って……くれ……ここ……乳首……っあ、ん！　あ、ッ、あ、つよい、叶野……叶野……っ」

愛撫を誘うように無意識に胸をせり出すと、嬉《うれ》しそうに微笑む叶野が、赤い舌をのぞかせて乳暈をべろりと舐め回し、そのままじゅうっと吸い上げてきた。乳首だけではなく、胸全体を舐め回されている錯覚に陥り、ひっきりなしに声を上げた。

「あぁぁぁぁっ……はげしい……っそんな、そんな吸ったら……かたち、かわる……」

すこしも、じっとしていられない。押さえつけられて、一糸まとわぬ姿にされた。燃え立ちそうな身体のラインを愛おしむようにじっくりと手のひらが這い、最後に昂ぶりの根元に巻きついた。ごちゅ、と先端に向かって一気に擦り上げられて、奥底から蜜が搾り上げられる。

「だめ……っあ、あっも、……イく、イっちゃう……ッ」

「ん、俺も連れてって」

鼻先で微笑む男は、手早くパジャマのズボンを蹴《け》り落とし、大きく跳ねる太竿を押しつけてきた。臍《へそ》まで反り返る竿の裏筋を擦り合わされる快感に涙が滲む。

いい。よすぎてどうにかなりそうだ。狂《くる》いそうになるくらい身悶《みもだ》え、逞しい肩にすがりついた。ぬちゅ、ずちゅ、と濡れた音が互いに重なる場所から響いてきて、羞恥で死にそうだ。自分はもっと冷静な人間だと思っていた。淡泊《たんぱく》な人間だとも。だが、叶野に抱かれると、そんな建前がことごとく崩されていく。いかに自分が浅ましい人間か、根底から暴かれることに顔から火が出そ

うだが、叶野を突き飛ばすこともできなかった。

節《ふし》が目立つ、ごつごつとした手が、互いに張り詰めた性器をまとめて扱き上げる快感に呑み込まれ、声を掠れさせた。

「も、う……ったのむ、これ以上は…………っあぁ……あ、あっあっ……出る……！」

「課長と一緒にイかせて」

「ん——ん、あっ、あ、ん、んっ、くぅ……！」

四つも下の部下にイかされる。

ぴんと爪先《つまさき》を伸ばしてのけぞり、苦しいほどに締め付けてくる手の中に、どくどくと熱いしぶきを放った。息をするのもつらくて、目眩《めまい》がしてくる。一瞬遅れて息を詰めた叶野も白濁《はくだく》をぶちまけ、どろりとした熱で桐生の肌を濡らす。

腹はもちろん、乳首にまで飛び散る精液の感触に、桐生は目尻を赤くし、長々とした叶野の射精に身体を震わせた。

「はぁ……っあぁ……ッ……」

「気持ちよすぎてバカになりそう……なんですかもう、課長ったら可愛いな。こんなセックスし続けたら、俺ほんとにいつか独占欲《どくせんよく》が暴走して、課長を頭からバリバリ食べたくなっちゃいますよ」

「……なに言ってんだ、おまえは……」

「ほんとですよ。いつも坂本さんや桑名部長と競い合ってるんで、こうしてふたりきりでいられるときくらい、徹底的にやさしく蕩かしたいなと思ってます。俺、セフレでいいからって言ったことあるじゃないですか。あれ、撤回《てっかい》します。恋人にしてほしいっていうのが本音《ほんね》」

「……叶野」

いつになく穏やかな声音《こわね》に目を瞠った。無邪気《むじゃき》に笑う叶野は若々しい。そうだ、彼はまだ二十五歳なのだ。日頃、きわどく迫《せま》られているから叶野が年若だということをうっかり失念《しつねん》しそうだが、本来、年上の自分が彼を導く立場だ。

「叶野は……私とつき合いたいのか」

「はい。一緒に映画を観に行ったり、公園を散歩したり、ごはんを作ったりして、一日の終わりには、一緒に風呂に入っていちゃいちゃしたあとは」

「――そのあとは？」

至近距離で黒目がちの目が煌《きら》めく。年下の男らしいいたずらっぽさに引き込まれて訊ねると、鼻先に甘くくちづけられた。

「朝まで課長を抱き潰しちゃいます」

「いつもと同じじゃないか」

思わず吹き出し、明るい髪色の頭を小突《こづ》く。身体に巻きつく腕が熱いことをいまさら思い出し、「早く風呂に入れ」と急《せ》かした。いくら夏が近い夜だとはいえ、風邪を引いた身でいちゃついていたら、よけいに悪化する。直属の上司としては、まさか部下の見舞いに行ったら、押し倒された挙《あ》げ句《く》にイかされ、おまけに寝込ませたとなると、もうどこにも顔を出せない。

「一緒に入りましょうよ。課長の背中流してあげます。あー……俺、一度でいいから、お風呂でしたいんですよね。立ったまま壁に手をついた課長の乳首を弄りながらねじ込めたら、絶対、熱も下がるんですけど」

「もう寝ろ、おまえは」

懲《こ》りない部下の頭をはたいて苦笑いし、彼がまた変な気を起こさないうちに、さっさとシャワーを浴びてしまうことにした。

「無理をしないでゆっくり身体をやすめるように」と言い置いて自宅に戻れば、もう深夜の十二時になろうとしていた。坂本には、会社を出る前に念のため、『今夜は所用で遅くなる。夕食も食べて帰るから先に寝ていてくれ』とラインを送っておいた。ひと言残せば坂本は遠慮《えんりょ》なく先に寝る。そうしてほしくてメッセージを送信したのに、なぜか自宅には明かりがついていた。

「よう、遅かったな」

「まだ起きてたのか。寝てていいって言ったのに」

玄関の扉を開けるなり、ふらりとスウェット姿で現れた同居人に驚いた。散々、洗濯を繰り返した黒のパーカの襟元《えりもと》はよれておらず、ゆるいボトムも不思議と坂本に似合う。桐生が同じ格好をしたら、だらしなく見えるだろう。

「メシ食ってくるってあったけど、お茶漬《ちゃづ》け食べるか?」

「いいな。それくらいなら食べたい」

意外なところで気の利く坂本に微笑み、ベッドルームでルームウェアに着替えた。生真面目《きまじめ》な印象が決まるネクタイ姿は心底好きだが、一日の終わりにしゅるりとほどくとやはりほっとする。キッチンのほうから漂《ただよ》ってくる、お茶のいい匂いに鼻を蠢かせてテーブルに着くと、「ほらよ」と湯気《ゆげ》を立てる茶碗《ちゃわん》を差し出された。焼き鮭《ざけ》の切り身に、細かく刻《きざ》んだ海苔《のり》を載せて緑茶を注いだ、桐生の好きな一品だ。

「いただきます。……ん、美味い」

「そりゃよかった」

正面に座って咥え煙草に火をつける坂本は頬杖《ほおづえ》をつき、さらさらとお茶漬けをかき込む桐生を見守っていた。もともと愛煙家《あいえんか》ではない坂本が、ときおり桐生の煙草を勝手に吸うときは、だいたい機嫌のいいときと決まっている。

やけに静かなことを怪訝《けげん》に感じ、食べる手を止めて「どうした」と訊くと、「いや？　なんでもない」と返ってくる。

「なんでもないことはないだろう。じろじろ見て。なんなんだ」

「所用ってなんだ。もしかして、わんこの叶野か桑名さんに抱かれてきたか？」

思わず頬が引きつった。

なぜバレたのか。表情か。匂いか。いや、帰宅中に夜気で顔を引き締めたし、匂いだって叶野の家でシャワーを浴びて消してきたはずだ。

一瞬にしてぐるぐると思考を巡《めぐ》らせたことがよけいに顔に出たのだろう。くっと可笑しそうに肩を揺らす坂本が、ふんぞり返り、煙草を深く吸ってゆったりと煙を吐き出した。すこし身体を傾《かたむ》け、椅子の背に腕をもたせかけているのが妙《みょう》に男らしくてむかつく。

「おまえは顔に出すぎなんだよ。わんこか、桑名さんのどっちだ」

「…………」

むっとしたままお茶漬けを啜《すす》った。しかし、どんどん気詰まりになっていく。結局のところ、こっちが口を割らないかぎり、朝まで追及されそうだ。

「……べつにやましいことはしてない。叶野が体調を崩して早退したから、様子を見に行っただけだ」

「へー。で、終わるわけないだろ。わんこがおまえを部屋に入れて、なにもしないで帰すはずがない。どこまでした？」

「坂本にいちいちいち言う必要があるのか」

「ある」

強い語調に目を瞠った。大学時代、なにかと桐生のノートを頼りにし、学食で会えば、うどんをねだってくる男のどこに惹《ひ》かれたかと言えば、顔だ。それ以外なにもない。理知的な眼鏡がしっくりはまる顔立ちの坂本はマイペースで、雄の強い色香《いろか》を放っていた。だが、根っからのクズだ。享楽《きょうらく》主義で、少し金を持てば、すぐにギャンブルに突っ込む。いちばん好きなのは競馬で、たまにパチスロも楽しむ。それで勝てばいいが、だいたいの賭《か》け事は赤字になるものだ。いい加減、懲りて、大人の玩具《おもちゃ》開発に専念しろと思うのだが、坂本はまるで耳を貸さない。闇《やみ》カジノにはまらないだけでもありがたいのかもしれない。

　そんなクズに心を掴まれてしまったのは、返す返すも一生の不覚だ。顔がいいだけならほかにも大勢いるのに。だが、もし坂本が顔がよくて、まっとうな神経の持ち主だったら、そもそも同居させていない気がする。

　怪《あや》しげな玩具開発や家事にはまったく手を抜かない反面、勝手気ままに桐生の身体に触れてくるアンバランスさを同居させる坂本に、たまらなく惹かれているのだ。自分も、ここまで奔放《ほんぽう》に生きられたら——どこかでそう思う。

「桐生の身体をここまで敏感にしたのは、まあ俺だよな。前にも言ったとおり、おまえは俺のミューズだ。澄《す》ました顔のおまえは、男の征服欲《せいふくよく》を煽る。昂らせたらどんな顔をするのか、どんな声を出すのか、想像しただけで勃起する。たいていの男がそうだろ」

「それは……」

　坂本もそうなのか。そう聞こうとした矢先に、坂本はひょいと肩をすくめた。

「叶野と桑名さんがいい例だ。対照的なふたりだが、おまえにぞっこんだ。いまのところあいつらだけですんでいるが、もし、ほかの男がおまえの匂いに気づいたら？　ヤバいだろ」

「匂いって……なんだ」

「発情したときの匂いだよ」

　鼻先で笑う坂本は、煙草をとんとんと指で叩いて灰《はい》を落とす。

「いやらしいこととは無縁《むえん》ですって顔したお前をアンアン喘《あえ》がせたい男はほかにもいる、絶対な。そのときを想定して、桑名さんや叶野がどこまで理性を保てるか、日頃からチェックしてるんだが、わんこはどうやら『待て』ができないらしい。手でイかされたか？　突っ込まれたか？」

「うるさい。もう寝る」

乱暴《らんぼう》に立ち上がってベッドルームに向かおうとすると、あとを追ってきた坂本に、ぐっと肩を摑まれた。

「俺に見せろ。わんこの痕跡《こんせき》を」

「……ッ」

肩越しに、薄く笑う坂本が見える。

そのまま身体を押されてよろけた。背後からゆるく抱き締められて、いやなのに、鼓動が駆けてしまう。

「シャワーを浴びても、まだ残ってる」

なにが、と聞く前にベッドルームに押し込まれた。

4

「叶野くん、もう風邪は大丈夫かな？」

「ご心配をおかけしました。課長が見舞いに来てくださったこともあって、全快です」

「それはそれは。僕も桐生くんにお見舞いされたいな。もちろん、メロン持参で」

「部長のお見舞いだったら、いつでも伺います」

　桐生が冷静な顔を崩さないのは、ここがオフィスだからだ。叶野は大事を取って二日ほど休んだが、しっかりと体調を整えて仕事に戻ってきた。もともと頑丈《がんじょう》なのだろう。桐生が風邪を引いたら、確実に三日は寝込む。普段、坂本の完璧な献立《こんだて》と行き届いた掃除のおかげで、ウイルスを引き寄せる隙もないのだ。

「さて、桐生くんと叶野くんがそろったところで、僕のほうから提案があるんだ」

　今日は朝から小雨《こさめ》続きだ。しっとりと髪や肌にまとわりつく細かい雨は、いささかうっとうしいが、この季節らしい湿った匂いはきらいじゃない。コンクリートで固められた都会では、なかなか土の匂いがしないが、高層《こうそう》ビル群はそれぞれにアプローチをもうけ、働くひとびとの癒《い》やしになるようなグリーンを植えている。

　きたるべき夏へと備えて、葉を茂《しげ》らせる背の高い樹木から漂う緑の香りを、胸いっぱいに吸い込んでランチを終えたあとは、気分も新鮮《しんせん》だ。

こぢんまりした会議室で上司と部下の顔を見ると、どうしても淫らな時間が脳裏をよぎるが、うまく切り替えなければ仕事にならない。手元に置いた紙コップのコーヒーをゆっくり飲み、タブレットPCに視線をやる。

「今朝ふたりに送った資料はもう読んだかな?」

「読みました。休暇《きゅうか》を豪華客船《ごうかきゃくせん》で優雅《ゆうが》に過ごすなんて、部長からしか出てこない素敵《すてき》なプランかと」

「ね、俺も同感です」

叶野とふたりで頷いた。それなりに裕福《ゆうふく》な暮らしを享受《きょうじゅ》してきた桐生でも、休日を海の上で楽しむことは思いつかなかった。

「俺みたいに、隙あらば牛丼《ぎゅうどん》食っちゃうような人間には、浮かばない発想です」

「ふふ、たまにはこういうのもいいだろう? 昔と比べたらクルージングもトライしやすくなったんだ。東京湾《わん》をぐるりと回って食事をする半日コースから、一週間、一か月、一年に及《およ》ぶ長期のものまである。もちろん、価格帯は広いが、僕は普通のひとびとが気軽に手を出せるようなプランを打ち出したいと考えている。資料Aを見てくれ」

タブレットPCのパッドに指をすべらせ、指示され資料を開いた。

【横浜発のラグジュアリーな船旅が始まる～ヨコハマから神戸を回るうつくしき一週間～】

資料の頭にはそう書いてある。

「ご覧のとおり、半年後。横浜港に大型の豪華客船が停泊《ていはく》する。海外製の新型で処女航海《しょじょこうかい》はすでに終え、何度かツアーを行っていて人気も定着しているんだ。この船会社と僕たちで、誰でもトライしやすい一週間の船旅企画を立ててみた」

桐生たちが所属する国内イベント兼《けん》雑貨部門は、大小問わず、目を惹くプランを立て、それに似合うアイテムをほうぼうから集めてくるのが仕事だ。その過程で出会った取引先は膨大《ぼうだい》で、つねにコンタクトを取っているから、なにかあったときに協力を得られやすい。

「今回の僕たちの仕事は、まず自分たちが客になって船旅を体験してみようというものだ。電車や飛行機を乗り継いで目的地に向かう旅とは違う。船旅は、乗ることそのものが旅だからね。移動せず、ひとつの場所の中でゆったりとした時を過ごし、ときおり停泊地に下りたつ。船内はWiFiが飛んでいるが、まぶしい大海原《おおうなばら》に囲まれたら、誰もが自然にデジタルデトックスをするよ」

「普段の環境《かんきょう》で、スマートフォンやPCから離れるなんて、とても無理です。現代人にとって、こういったスローな旅は必要かと。ターゲット層はどれくらいを想定していますか。船旅というと、リタイアされた方々が楽しむものという印象が強いのですが」

「五、六十歳以上がメインになるだろうが、今回は二十代や三十代も視野に入れたい。夏のバカンスなら、働き盛りでも一週間くらい休めるだろう。混雑した観光地に行くよりも、時の流れを忘れる船の旅は気に入ってもらえると思う」

「部長、自信ありそうですね」

茶目《ちゃめ》っ気《け》たっぷりな叶野の言葉に、桑名が、「うん」と頷く。

「以前からこの企画は温めていたんだ。船旅というと、どうしてもハイクラスの遊びだと捉《とら》えがちだ。僕たちは過去にグランピングやキャンプといったレジャーを世間に浸透《しんとう》させてきただろう。ふたつとも、楽しみ方をおもしろく紹介できていなかったら成功しなかった。その僕らなら、豪華客船の旅を世間に馴染《なじ》ませることができる。桐生くん、叶野くん、きみたちの協力を仰《あお》ぎたいんだ」

「ぜひ。桑名部長が練《ね》った案ならば、私もやり甲斐《がい》があります」

「俺もです」

叶野とそろって顔を引き締めた。

「では、いつものように僕たちが客となって実際の空気を味わおう。二週間後、きみたちは僕と一緒に船に乗る」

「……え」

「すこし短いが、一週間の旅をする。六泊七日だ。心配しないで。この出張にはちゃんと特別手当がつくし、下船後は数日間休める。桐生くん、クルーズの経験は？」

「ありません、が……」

「叶野くんは？」

ろうか。

弾《はず》む声の叶野が小憎《こにく》らしく思えるのは、自分がいろいろよけいなことを考えすぎているからだろうか。

「なら決まりだ。三人で楽しいクルージングとしゃれこもう」

「はい、ぜひ！」

叶野がにこにこしながら、「ね、課長」と振り向いた。桑名からも視線を感じて、桐生は自然とうつむく。この三人で大型客船という密室に一週間も閉じこもることになったら――なんだかいやな予感しかしないのだが。しかし、ここで「お断りします」と、はねつけることができていたら、そもそも自分はビジネスマンなんてやっていない。上司の言うことは絶対だ。いまさら古い考えかもしれないが、いい仕事をしたいというのが桐生の生涯《しょうがい》の願いだ。

――だったら、今度こそ。

そうだ。今度こそ、自分が用心に用心を重ねて行動すれば、いかがわしい時間はけっしてうまれない。

「楽しみにしております」

深く息を吸い込んだ桐生は、まっすぐに顔を上げた。

視界に映る上司と部下が微笑みかけてきた。

5

『おまえもいろいろ大変だな、お疲れさん。家のことは任せろ』

坂本に送り出されたあと、桐生は電車を乗り継いで横浜へと着き、そこから先は桑名たちと合流してタクシーに乗り込んだ。

「うわ、すごい。こんなに大きいんだ」

叶野が素直に驚く横で、桐生もかすかに口を開けていた。横浜港に着岸した客船は想像以上の大きさだ。航海歴がまだ浅いのは、美しい白と紺に塗《ぬ》り分けられた船体でわかる。

「すごいものだろう。この『セレスティア・セブンシーズ号』はイギリスから来たんだよ。なんと最大六千人以上の乗客が洋上ライフを楽しみ、それを支えるのは二千人を超す超一流の船員たちだ」

「六千……」

マンションかと思うほどの高さ、そして視界に入らないほどの全長を誇る巨体《きょたい》を見上げる桑名はシックなダークブラウンのスーツに身を包み、上質のシルクのネクタイを綺麗に結んでいる。どこか得意そうな顔で見つめてくる桑名に「すごいですね」と頷き、彼の案内でおそるおそる船に乗り込んだ。

「桑名守様、桐生義晶様、叶野廉様、お待ちしておりました」

「よろしく頼む」

うやうやしく出迎《でむか》えてくれるクルーは、まばゆい白の制服を身に着け、品のある笑みで桐生たちの先に立ち、これから一週間過ごすことになる部屋へと連れていってくれた。

「叶野様はこちらのお部屋でございます。桐生様はお隣の部屋です」

扉が開いた船室に足を踏み入れて驚いた。事前にネットで情報収集をしており、写真は山ほど見ている。豪華とはいえ、やはり船だからさしたる期待を抱かずに来たのだが、ここまで明るく、そして開放感のある美しい部屋だとは思わなかった。

海が一望できるだろう大きな窓に、ツインのベッドが間隔《かんかく》を空《あ》けてしつらえられている。窓際《まどぎわ》には優雅な椅子とテーブルがあり、静かに揺られながら青い海を眺められそうだ。マホガニーをふんだんに使用した室内は、品格を感じさせるコバルトブルーとゴールドでまとめられ、シンプルながらも華《はな》があった。

「すっごい……めちゃくちゃ豪華ですね」

感心する叶野に、桑名が笑顔で頷いた。

「だろう？　世界に名だたるインテリアデザイナーが関わっている。そこらにあるホテルよりずっと立派だ。なにせ、この船で半年以上も世界を回る方々もいるからね」

「客室がこんなに素晴らしいなら、船のメインホールは目を瞠るものなんでしょうね」

「ああ、毎週土曜の夜にはダンスパーティが開かれる。シャンデリアが輝くメインホールには紳《しん》士淑女《ししゅくじょ》の皆さんが集まるんだ。もちろん、僕らも滞在中《たいざいちゅう》に一度は出席することになっている」

「そのためにタキシードを用意しましたし」

結婚式《けっこんしき》に呼ばれたとしてもフォーマルスーツでとおしてきたが、今回の船旅にあたり、桑名から一流テーラーを紹介《しょうかい》された。そこで叶野とふたり、極上《ごくじょう》のタキシードをセミオーダーで誂《あつら》えてもらい、スーツケースと一緒に持ち込んできたのだ。

「ふたりとも、荷解《にほど》きをしたら僕の部屋に来てくれ」

「わかりました」

別室を取っている桑名と別れ、桐生は叶野の隣室へと入り、衣服やこまごまとしたものをクローゼットに移してから上司の部屋を訪ねた。桑名の居室は階層からして違う。高級感あるデザインのフロアにある一室の扉をノックすると、「はい」と声が返ってきた。

いまのは、桑名ではない。では、誰なのだ。耳のいい叶野も不思議《ふしぎ》に思ったようだ。しかし、すぐに扉が開いて疑問は氷解した。

「桐生課長、叶野さん、お疲れさまです」

「入江、それに初島も……おまえたち、どうしてここに？」

口元にうっすら笑みを浮かべているのは、新入社員の入江と初島だ。ふたりともきちんとしたスーツに身を包み、目を丸くしている桐生と叶野を迎え入れた。ここは桑名の部屋ではなかったのか。そう訊こうとした矢先に、奥から桑名が姿を現す。都内のタワーマンションよりも豪奢《ごうしゃ》な内装《ないそう》に負けず劣《おと》らず、堂々とした桑名は、けっして金では買えない品格をまとっていた。

「びっくりした？　きみたちには内緒《ないしょ》で、僕が招集《しょうしゅう》しておいたんだ。この一週間、入江くんと初島くんも加わる。まだ新人だが、若いうちにいろいろ体験させておいたほうがいいと思って」

「よいお考えかと」

とっさに冷静な仮面《かめん》をかぶったが、年若の叶野はそうもいかないようだ。ちらっと横目で見ると、困惑《こんわく》していた。それもそうだろう。少し前、このふたりに振り回されて体調を崩していたのだから。だが、そうした桐生の思いを汲《く》んだのか、叶野はひとつ息を吐いて微笑む。

「桑名部長のアイデアなら、全力で努めます。入江くん、初島くん、しばらくの間、よろしく」

「こちらこそ、ご一緒させていただけて光栄です」

「よろしくお願いします」

一礼した部下を室内へ招く桑名のあとをついていくと、圧倒されるような光景が待っていた。

「スイートルームを用意してもらったんだ。せっかくなら、最高の部屋を知っておくのもいいかと思って」

こともなげに言う桑名だが、リビングの天井からは重たげなシャンデリアが垂れ下がり、きらきらとまばゆい光を放っている。

しっとりした布張りのソファセットの向かいにはミニバーが設置されていた。扉の向こうにベッドルームとバスルームがあるらしい。

六人でも余裕で座れるソファに腰を落ち着け、入江たちが淹《い》れてくれた熱い紅茶で喉《のど》を潤《うるお》した。入江たちも事前に説明を受けてきたようで、桑名が宿泊するゴージャスな部屋でも、まったく動じていない。

確か、入江は資産家の息子だ。父親が大手製薬《せいやく》会社の重鎮《じゅうちん》で、母親もやり手の弁護士《べんごし》だと桑名に聞いたことがある。幼い頃から日々の暮らしに困ったことがない入江は落ち着き払っていて、隣に座る同期の初島よりも大人びて見えた。

気の強い新人たちと一週間、大型客船とはいえ、閉ざされた空間で過ごすのかと思うと緊張してくる。ただでさえ、叶野ひとりだけでも振り回されることが多いのに、さらに手のかかる新人たちも加わるとなれば、波乱の予感しかない。

――心配してもしょうがないか。なにか起きたら、そのとき考えるだけだ。

「よし、じゃあこの船をざっと案内しよう。みんな、部屋から船内マップは持ってきたかな？」

「持ってきました」

四人で頷《うなず》いて立ち上がり、桑名の案内で広い船の中を見て回ることにした。

「あらかじめ、ネットでこの船のことをチェックしていましたが、実際に目にすると圧倒されます。なにもかもが桁違《けたちが》いに広くて、豪華《ごうか》で」

「僕もそう思う。幼い頃から両親に連れられて何度か船旅を楽しんできたが、ここまで立派なものには出会ったことがないな。さすが、イギリスが誇る客船だけのことはある。さあ、ここがメインエントランスだ。向こうに大人数を迎え入れることのできるホールがいくつもあって、ハイクラスのサービスが得られる。レストランやカフェ、遊戯施設《ゆうぎしせつ》もたくさんあって、とても一週間じゃ回れないくらいだ。そのあたりを紹介するのはまた明日にするとして、ひとまずホールに行こう」

連れていかれたのは、それなりに恵まれた暮らしを享受してきた桐生でも、なかなか目にしたことがないほどの広さを誇るホールだ。ここもマホガニーが贅沢《ぜいたく》に使われ、天井からも煌めく光が降り注いでいる。

「土曜のパーティはここで開かれる。皆、パートナーを同伴《どうはん》することになっているんだ」

桑名は楽しげに言うが、こっちは男ばかりそろっていて、いったい誰とパートナーを組むのか。

「夕食もここでとるんですか？」

素直そうな声に振り向くと、初島だ。体格のよさと精悍《せいかん》な相貌《そうぼう》も相まって威圧感《いあつかん》を覚えそうだが、親しみやすい笑顔には誰でも惹きつけられてしまう。いまもそうだ。にこにこと笑い、桐生たちの顔を見比べている。

「いや、食事はレストランやカフェでとる。一流シェフたちが腕をふるう、世界各国の味が楽しめるよ。朝はメインダイニングでビュッフェだ。昼と夜は好みの店を選んでほしい。カフェもいろいろあるから寄ってくれ」

桑名もこの船には初めて乗ったと言っていたが、さすが上級職のことだけはある。広大なマップが完璧に頭に入っていて、少しも迷わない。

先を歩く彼が肩越しに振り返った。

「この船にいるクルーは、世界中から集められたエキスパートばかりだ。どんな要求でも応えてくれるよ」

「へえ、たとえば深夜に目を覚まして、『いますぐお茶を淹れてほしい』という願いでも叶《かな》えてくれますか?」

少し生意気《なまいき》な口調の入江に気を悪くすることもなく、桑名は鷹揚《おうよう》に頷く。

「今夜試してみるといい。夜中の二時でも三時でも、クルーはすぐに駆けつけて入江くんのために、熱くて美味しいお茶を淹れてくれるよ」

「早速、今晩試してみます」

堂々と言い返す入江の度胸にはハラハラする。初島も同じ気持ちのようで視線を泳がせていたが、叶野はもう慣れているらしく、平然としていた。

各施設の細部は後日あらためてチェックすることになり、一同は桑名の勧《すす》めでイタリアンレストランで早めの夕食を楽しんだ。その間、船はゆっくりと港を離れた。大型船ということもあってほとんど揺れず、テーブルに置いたグラスに注がれたワインが、かすかに波を立てた程度だ。皆で一流の料理に舌鼓《したつづみ》を打ち、豪華な旅を祝《いわ》って食後のお茶を楽しんだあと、部屋に戻ることにした。疲れたというほどではないが、慣れない環境だ。今夜はもう風呂に入って寝たほうがいい。そう考えて部屋の扉を開こうとしたところで、ぴたりと足を止めた。

いやな気配がする。心臓が早鐘《はやがね》を打ち、いますぐ誰か呼んだほうがいいと思うのに、こころをささくれさせる元凶《げんきょう》を辿ろうとしてしまうのが、自分のいちばんいけないところだ。

好奇心《こうきしん》にそそのかされて扉をそろそろと開け、「よう」と聞き慣れた声に思わず目を見開いた。

「坂本、どうしてここに!」

「桑名さんに手引きしてもらった」

ちらりとも悪びれない同居人――坂本が、窓際で振り返った。

「手引きしてもらったって、いくらなんでもおまえ、……私たちは仕事で来てるんだぞ！」

「俺だってそうだ。なんだ、遊びでふらふら迷い込んだとでも思ってるのか？」

顎をしゃくる坂本を睨みつけた。それ以外のなにがあるというのか。遊びだ、とまではいかなくても、坂本の目的がろくでもないことは百も承知だ。

「そんなに怖い顔するなって。おまえの邪魔はしないから安心しろ」

いつものようにTシャツにパーカー、ジーンズという軽装《けいそう》の坂本は肩をすくめる。

「これから一週間、よろしくな」

「……よろしくって、まさか同じ部屋で寝泊まりするつもりか」

「そのつもりだ。とは言っても、俺はこのソファベッドで寝起きする」

坂本が長い足でそばにあるソファを軽くつつく。彼に言われるまで、それがゲストベッドになることは知らなかった。

まったく、どこまでも頭が痛い。一度こうと決めたら坂本は食らいついてくるから、追っ払おうとムダな努力はしないほうがいい。徒労《とろう》に終わる。

深くため息をつき、さっさと風呂に入ることにした。移動も食事もレジャーもすべてこの中で楽しめるスペシャルな船旅で、好きなときに熱い湯を浴びられるというのは格別の喜びだ。普通だったら、海の上で気前よく水を使うわけにはいかない。しかし、いま自分が乗っているのはイギリスが世界に誇る豪華客船だ。陸の上にあるホテル以上のサービスで客をもてなし、長期の旅を楽しませようと細部まで気を配っているのがわかる。

備え付けのボディシャンプーを贅沢に泡立《あわだ》てて全身を洗い、綺麗さっぱり流し終えてから、こぢんまりとしたサニタリルームでふかふかのガウンを羽織った。これも、『セレスティア・セブンシーズ号』オリジナルだ。船会社は船内に用意したすべてのアイテムを特注しており、ガウンや歯ブラシはもちろんのこと、ネイビーの装飾がうつくしいティーカップの裏面にも気品ある名前を刷《す》り込んであった。

最高級のガウンを肌にまとうと、思ってもみないゲストの入江や初島、そしてとんでもない闖《ちん》入者《にゅうしゃ》である坂本のことも、まあ、とにかくなんとかなるかという気になってくる。楽天家というほどではないが、坂本のような破天荒《はてんこう》な人物と長年つき合っていれば、誰でもこうなる。

窓の外はすっかり暗くなり、穏《おだ》やかな波音が聞こえてくる。坂本はスマートフォンで映画を楽しんでいた。いろいろと言いたいことはあるが、さっさと寝るにかぎる。

「おやすみ」

ぶっきらぼうに言ってベッドにもぐり込む。くすりと楽しげに笑う男の気配が伝わってきた。

6

手のかかる入江に初島、そこに坂本まで加わったら、この船旅は暗礁《あんしょう》に乗り上げる予感しかしない。そう言い切りたい本音《ほんね》をぐっと押さえ込み、桐生は仕事に徹《てっ》することにした。

入江たちは自分の部下なのだし、生意気なところはあっても、同時に伸びしろだって存在する。聞き分けのいい初島はともかく、一筋縄《ひとすじなわ》ではいかなそうな入江は、扱いを間違うと爆弾《ばくだん》に変わりそうだが、長年、坂本みたいな変人とつき合ってきたのだ。自分ならば絶対にうまくいく。

問題の坂本も、下船までずっと部屋に押し込めておければいいのだが、そういうわけにもいかない。桑名がこっそり手引きしていたのは事実らしく、坂本はその腕にしっかりと船専用のバンドを巻きつけていた。

同じバンドを着けた桐生は、颯爽《さっそう》とジャケットの裾《すそ》をひるがえし、マップを片手に船内を練り歩く。滞在二日目の今日は、午前中いっぱい、船の探索《たんさく》にあたっていた。坂本には『絶対に問題を起こすな』と釘《くぎ》を刺《さ》してきた。

行く先々でクルーが礼儀正しく頭を下げてくる。桑名が言ったとおり、最高級のサービスを提供する船だ。どのクルーも徹底的に教育されているようで、いつどこで誰に会っても丁寧《ていねい》に接してくる。

「それにしても広いな……」

マップに書かれた施設を見ているだけでも圧倒されそうだ。各種レストランやカフェで提供されるベーシックなメニューは、もともと旅行代金に含まれている。プラスアルファのメニューを選んだ場合は、後日クレジットカード宛てに請求されることになっていた。どの店も充分にレベルの高い味を楽しめるとわかってから、目についたレストランに片《かた》っ端《ぱし》から入りたくなる。自分ひとりでは胃袋にも限界があるので、あとで新人や叶野を連れて再訪しようと考えながら、再び船内探索を始めた。

プールやバスケットコートをはじめ、ビリヤード場やミニゴルフ場、カジノにシアター、サウナにエステサロンまである。晴天でも荒天《こうてん》でも、さまざまなアクティビティが堪能《たんのう》できる仕組みになっていることに感心した。

一日の過ごし方は客のひとりひとりによって異なる。船にいる間はずっとバカンスだ。朝方ならヨガや太極拳《たいきょくけん》、ピラティスクラスに参加して快適な目覚めを体験できる。夜更《よふ》かし好きなら、カジノやシアターで時間が経つのを忘れることもできる。

本格的なカジノホールは、ギャンブル好きの坂本が、二十四時間入り浸《びた》りそうなほどの設備がそろっている。スロットマシンやルーレット、ポーカーにブラックジャック、バカラといったカードゲーム、テーブルゲームも豊富に用意されているようだ。

ほうっておくと、なにをしでかすかわからない坂本だから、同じ船内にいるあいだはカジノにずっと放り込んでおくほうが平穏《へいおん》かもしれない。陸の上にいても海の上にいても、厄介《やっかい》な同居人に手こずらされるのかと思うと頭が痛い。ため息をつきながらカジノを出ようとすると、「課長」と声をかけられた。振り向くと、入江だ。

「きみも船内チェックか。もうだいたいのことは摑んだか？」

「ええ、おおよそは。これくらいの船なら一周すれば、どこになにがあるか覚えられます。実家にいた頃は毎年、夏のバカンスは船旅だったので」

「それはすごい」

父親が製薬会社の重役を務めているならば、バカンスも豪華なものなのだろう。桐生自身、両親に連れられて弟とともにあちこち旅をしたが、夏が来るたび船に乗るほどではない。せいぜい南国か、足を伸ばして欧州《おうしゅう》に行くくらいだ。そう言うと、入江はちょっと目を瞠る。

「充分じゃないですか？　海外には数年に一度しか行かないひとだって多いんだし。課長はハワイやグアムより、ロンドンとかパリといった街が似合いそうですね。人種もさまざまだし、特別な性癖《せいへき》も色眼鏡で見られないだろうし」

「……性癖？」

なんとなく不穏《ふおん》なものを感じて眉をひそめると、入江は鷹揚に笑う。

「課長、もしかして俺にも欲情します？」

「……なんだと？　……おい、待て！」

一歩踏み出した新人が、距離を縮《ちぢ》めてくることに息を呑んだ瞬間、ぐっと腰を抱き寄せられ、自動販売機の陰《かげ》に連れ込まれた。

「入江！」

身長の高い男は覆い被さるようにしてきて、桐生の視界をふさぐ。

「入社式で課長を見かけたとき、こんなに綺麗な男《ひと》がいるんだって感動しました。ただ綺麗なだけじゃない……滲み出すような色香はどこから来るんだろうと不思議に思った。だってあなた、潔癖《けっぺき》そうに見えたし。そう簡単に他人に触らせないような気がして」

「離れろ、入江。近い！」

小声で怒鳴った。いつ誰が入ってくるとも知れぬ場所で、男同士、ぴたりと身体を寄せ合っている場面を見られたら、いらぬ誤解を呼びそうだ。

もし、叶野に、桑名に見られたら。ただじゃすまない気がした。彼らは自分たちだけが桐生を意のままに扱っていいのだと考えている。確かに桐生も、叶野や桑名——坂本にも好意を抱いているが、それはあくまでも秘めた想いであって、おおやけにするものではない。

だが、叶野たちは、もし他人が桐生に手を出そうものなら、執心《しゅうしん》を剝《む》き出しにして引き裂《さ》いてくるだろう。大人の桑名がいるかぎり、無粋《ぶすい》な手段を使うとは思えないが、直情的な叶野、倫理《りんり》観《かん》がねじ曲がった坂本は、なにをするかわからない。

「いやですね。せっかくの閉鎖空間《へいさくうかん》です。課長のこと、もっと知りたいな」

「入江、バカ、おまえ……っ……ん……ん……ぅ……！」

長い指で顎を押し上げられ、強く睨みつけたのに、入江は動じることなく、くちびるをぶつけてきた。

最初からきつく舌を搦《から》め捕られて、じゅるりと吸い上げられ、背筋がぞくりとたわむ。ためらいのないキスは巧《たく》みに桐生の感じるポイントを探り当て、追い詰めてきた。

「や、め……っぅ……ぁ……っ」

ひんやりとした壁《かべ》を背中に感じながら、桐生は懸命《けんめい》に入江の胸を叩《たた》いた。細身に見えて逞しい筋肉をひそめているらしい年若の男は、びくともせず、拳《こぶし》で叩いてもびくともしない。同じ強さで叶野を叩いたら、笑いながら逃げ回ると思う。

舌の根元を、じゅっ、じゅっと淫らに吸い上げられて、くらくらしてきた。冷たい眼鏡の縁がかすかに頬を擦るのも頭に来る。

やめろ、いますぐやめないと殴り飛ばす。

ぎゅっと拳を握《にぎ》り、振り上げた瞬間、強く手首を摑まれた。同時に、ぬるりと舌の表面を擦り合わされて腰裏にじんわりと快感が滲む。

桐生の揺れ動く感情の一歩先を読んでいるかのような新人に、頭に血が上ってくる。

生意気なだけならいい。多少無礼《ぶれい》でもいい。しかし、不躾《ぶしつけ》にキスしてくるのはお門違《かどちが》いだ。罵《ば》声《せい》を浴びせてやりたいが、うずうずと舌を吸われて反論は泡《あわ》のように溶《と》けて消え、かわりに隠しようのない心地《ここち》好さがこみ上げてきた。

「……ン……ぁ……っはな、せ……！」

「やせ我慢しなくていいんですよ。俺、若いし、こう見えても結構うまいです。課長みたいなお堅そうな年上の男って好みなんですよね。ドロドロに崩したくなっちゃう」

くすっと笑う男の声に冷ややかなものを感じ取り、無性《むしょう》に逃げたかった。ここでうっかり捕まってしまったら、どうなるかわからない。いくら叶野たちに求められているからといって、際限《さいげん》なく男を欲しがるわけではない。そこまでふしだらではないと言い切りたいが、入江の指がつうっと顎から頬骨《ほおぼね》へと這い上がってきて、こめかみのあたりをくるりと撫で回すと、いやでも身体の奥底で甘い熱がいくつも弾《はじ》けた。

たったひとりの男に愛されているだけなら、もっと未熟《みじゅく》だっただろう。しかし、いまの桐生は、快感には限界がないと知っている。未知の感覚も、少しばかり不快《ふかい》な感覚も、煮詰《につ》めればたまらない快感となることを叶野や桑名、坂本たちに教え込まれてきた。複数の男に愛されるというのはそういうことだ。

桐生の舌を吸いながら、ジャケットの中に手をすべり込ませてくる部下をなじりたいが、慣れた手つきに喉奥から、くぐもった声ばかりがあふれる。それが入江に対する嫌悪感《けんおかん》によるものなら、まだ自分を許せるが、どこか感じ始めている声なのが腹が立つ。

「ん……んっぅ……ふ……ぅ……っ……」

シャツの上から乳首をカリカリと引っかかれ、たまらずに声が出た。アンダーシャツを着ていないので、ボタンをひとつふたつ外されると秘密がバレてしまう。

――そこはだめだ。叶野たちがしつこく嬲《なぶ》るそこだけはやめてくれ。

入江が一瞬、おや、という顔をする。

「あれ？　……もしかして課長のここって……」

「……離せ！」

新人の手から、ふと力が抜けたところで、渾身《こんしん》の力を込めて突き飛ばした。身体をぐらつかせた入江は体勢を立て直し、クールな印象が際立《きわだ》つ眼鏡を押し上げながら睥睨《へいげい》してきた。

「俺の勘違いかもしれませんけど、課長の胸って……大きくありません？」

「そんなわけがない」

はっきりと否定したけれど、入江の視線が胸に集中していることに気づいて慌《あわ》てた。いつの間にかボタンを外されていて、素肌が見えていたらしい。完全にふくらんでいないが、入江に弄られた乳首はきざし始めていた。根元からズキズキと痛むように勃ち上がり、朱《しゅ》に染まっているそこを急いで隠したが、入江は素早く見抜いていた。

「へーえ……澄ました顔して、乳首で感じるひとなんだ。淫乱だなぁ……」

腹が立つどころか、はらわたが煮えくり返る。日頃、冷静な自分にしてはめずらしく頭に血が上り、固めた拳を振り上げていた。入江が鈍《にぶ》い奴ならまともに食らっていただろうが、あいにく年若の男は俊敏《しゅんびん》に避《さ》け、可笑しそうな顔をする。

「図星なんですね。いいなあ、いい。課長って社内で誰より頭がよくて落ち着いて見えるのに、乳首が弱いんですね。しかも、男に弄られて感じちゃうなんて、おもしろいじゃないですか」

「認めたわけじゃない。ただ、いきなり触られたから変に反応してしまっただけだ」

「普通、いやだったら乳首を勃てないと思うんですが」

低い声が身体に火を放つ。思いきり顔をしかめたのがわかったのだろう。長身の入江がすっと上体を折り曲げて耳元で囁いてきた。

「誰にも言いません。俺と課長ふたりだけの内緒にしますから、またその可愛い胸を弄らせてください。今度はちゃんと見たいな……きっとその綺麗な顔を裏切るような、いやらしい乳首をしてるんでしょうね。この船に乗ってる間に俺が敏感に育ててあげます。――してほしいでしょう?」

「……っ」

今度こそ、その横《よこ》っ面《つら》を張り倒してやる。血相を変え、くちびるを噛み締めた桐生に、入江は薄笑いを浮かべ、すっとうしろに下がった。

「殴られるのはごめんですから、ここで消えますね。でも」

くちびるの前に立てた人差し指を、そのまま桐生のくちびるにあてがう。まるで、これはふたりの秘密とでもいうように。

「次に会ったら、課長のことといっぱい苛《いじ》めたいな。そのときは初島も一緒に。あいつもあなたのこと、気になってたんですよね。『課長って、すっごい色っぽい』ってよく言ってます。俺もあいつも紳士なので、課長に恥ずかしい思いはさせませんよ。気持ちいいことだけしてあげます」

「入江……!」

「じゃ、また」

手を振って入江は立ち去っていく。

あとに残された桐生は肩で息するだけだった。

7

ランチを挟んで午後の仕事に就《つ》いても、苛立《いらだ》ちはまだ治まらなかった。当たり前だ。このあいだ入社したばかりの新人にからかわれたのだ。しかも、触れられた。見られた。この胸を。絶対に隠しておきたかった秘密をこれ以上暴かれるわけにはいかない。しかし、船に乗ったばかりだ。船内が広いとはいえ閉ざされた空間で、入江たちとまったく顔を合わさずに残りの日々を過ごすこともできない。朝と晩の食事を一緒にとって、知識を共有しようと桑名からも言われていた。

どうしてくれようかといらいらしながら、いったん部屋に戻ることにした。怒り狂《くる》った状態ではいい仕事ができない。

部屋でひとり、落ち着いて熱いお茶でも飲めば、すこしは落ち着くだろう。なにげなくジャケットのポケットからスマートフォンを取り出し、叶野からメッセージが届いていたことに気づいた。

『すみません。具合がよくないので部屋で少し休みます。一時間ほど休憩すれば、よくなると思います。完治できなくて、ほんとうに申し訳ありません』

風邪は治ったと思っていたが、ぶり返したのか。そう考えると不安になる。まだしばらくは陸に戻れない。船医がいるから、もしものときは頼ったほうがいい。とりあえず、叶野の上司としては一度様子を見に行ったほうがいいと考え、すぐさま部屋に向かった。

目的の部屋の扉をノックし、「叶野、勝手に入るぞ」と押し開けた。

「……課長、すみません……なんかまたくらくらきちゃって」

呻《うめ》く部下はベッドに寝そべり、額に手を当てている。そっと触れてみたが、熱はなかった。

「船医に診《み》てもらうか？　風邪がぶり返したのかもしれないな」

「大丈夫です。熱も出てないし、咳《せき》もなにもないし。船に乗るためにちょっと仕事詰めてたんで、いまごろバテたみたいで……」

「私より若いのに」

苦笑して叶野の額を小突き、彼がまだスーツ姿なことに気づいて「着替えろ」と言った。

「今日はもう休め。明日も無理しなくていいから、ゆっくりしろ」

「なんか、ほんとすみません」

もたもたとパジャマに着替えた叶野は、ベッドにもぐり込んで毛布を顎まで引き上げる。殊勝《しゅしょう》にしている叶野というのもめずらしくて、ベッドの縁に腰かけて、しみじみとしてしまった。

「おまえは入社してきたときから生意気だったよな」

「……なんですか、突然」

「でも、仕事はよくできた。私のことも桑名部長のことも、しっかり立ててくれる」

「どうしたんですか、課長。なにかありました？」

無意識に叶野と入江を比べてしまっていることに気づき、ふっと肩の力を抜いた。

どっちもどっちだと、あしらいたいところだが、叶野のほうがつき合いが長いぶん、それなりに知っているつもりだ。いいところも、悪いところも。

「……どんな奴でも新人時代は一悶着起《ひともんちゃくお》こすものだな」

「もしかして、入江たちのことですか。あいつら、なにかしました？」

心配そうな声音《こわね》の叶野に、「いや、なにも」と嘘《うそ》をつく。

――キスされた。胸まで触られた。

実際そう口にしたら、叶野のことだ。瞬間湯沸《しゅんかんゆわ》かし器《き》のごとく激昂《げっこう》するに違いないと思うと、うかつなことは言えない。

「ほんと？　ほんとになにもされてません？」

叶野は脳筋だが、バカではない。こう見えても案外勘《かん》が鋭《するど》いんだったなと、背中に汗《あせ》がじわりと滲む。ひとつ咳払《せきばら》いをし、すっと姿勢を正す。

「心配するな。これでも私はおまえたちの上司だ。簡単につけ込まれたりしない」

「えー？」

疑り深そうな声とともに、叶野が強く腕を引っ張ってきてバランスを崩し、逞しい胸に倒れ込んでしまった。

「おい、叶野……！」

「ほら、隙ありすぎ」

くくっと笑う年下の男に眉を吊《つ》り上げたが、それで動じるような奴ではない。あっという間に覆い被さってきて、鼻先で悪辣《あくらつ》に微笑む。

「せっかく課長がお見舞いに来てくれたんだから、おねだりしちゃおうかな」

「ちゃんと寝ろ。悪化するぞ」

「大丈夫。課長のおっぱいが吸えたら、すぐに元気になっちゃいます」

「——おまえ」

具合が悪いと言っていたばかりではないか。相変わらずだなと罵《ののし》りたいのに、頭を抱え込まれて深くくちづけられたらそれも叶わない。

「ん……ン……っ……！」

反論の余地さえ与えてくれない部下は、生意気な感じで舌を吸い上げてくる。そう簡単に感じるわけがないと自分に言い聞かせるけれど、桐生が懸命に抑《おさ》え込む欲情を引き出すかのように、ぬめった舌は淫らに動く。ちゅるっと舌先を甘く吸われて、思わず応えようとしたら、次の瞬間きつく、ずるく搦め捕られ、あまりの心地好さに呻いた。

「ん……っふ……ぅっ……」

とろとろと唾液を伝わせてくる若い男の胸を必死に押し返した。だめだ、まだ昼間だ。それに、ここは皆が乗っている船だ。桑名だっているし、坂本もいる。新人の入江や初島だっているのに。

「やめ……っ……おい！」

力一杯もがいたつもりだが、骨っぽい両手で髪をくしゃくしゃとかき回されながら、いやらしく舌を擦り合わされると力が抜けてしまう。数えきれないくらい叶野にキスされてきたが、こんなに気持ちよかっただろうか。腰骨が疼くようなくちづけに酩酊《めいてい》し、無意識に広い背中をかきむしっていた。

ほしい、とでも言うように。

「課長のココ、もう尖《とが》ってる」

ワイシャツの上から乳首をつつかれ、ちいさな声を漏らした。

「誰が見ても、課長のエッチな乳首はここですよってバレバレです。そりゃ、ジャケットを羽織ってたらわかんないでしょうけど、脱《ぬ》いだ途端《とたん》、皆の視線が集中しますよ。見てほしい、弄ってほしいって訴《うった》えてる乳首を隠し持ってるなんて、課長、ほんっとエロい」

「……ッちが、……おまえ、が、勝手にそう、思ってるだけだ……」

「へえ？　じゃ、この状態でレストランにでも行ってみます？　シャツをツンツン突き上げるおっぱいを皆の前で披露しちゃいます？　いいですよ、俺は。どんな奴がいても、課長を感じさせる自信があります。たとえ、入江や初島が見ていても、みっともないほどにあなたを求めます。背後に回って……こういうふうにシャツを脱がして、乳首をコリコリしてあげますよ」

「あぁ……ッ！」

抱き起こされたかと思ったら背中から抱き締められ、ぷつぷつっとシャツのボタンを外されて、肩からずり落とされる。そのままシャツの袖《そで》部分をうしろで軽く結ばれてしまい、身動きが取れなくなってしまった。

「外せ……っ……！　叶野……」

　腰をよじって逃げようとしたが、叶野の膝上に載せられて、背後から乳首を卑猥《ひわい》に弄られた。根元から、きゅうっとつまみ出されて、くりくりと揉み込まれた挙げ句に、斜め上に向かって扱き上げられたらひとたまりもない。いけないと思うのに掠れた声を上げてしまい、叶野を楽しませてしまう。

　ワイシャツを半端《はんぱ》に脱がされて、胸の尖りをいたぶられるおのれが、どれだけ淫らか、想像するだけで頭の中がじわんと熱くなる。

「……ッあ……あ……っ胸、……やだ……そこ……っさわる、な……ッ」

「強がる課長も大好きです。口ではやだやだ言うくせに、身体はそうじゃないっていういい証拠ですよね。こんなにビンビンにしてるくせに、ほんとうにやめてほしいんですか？」

　指の間で揉み潰される乳首を、ぴんぴんっと爪先で弾かれる気持ちよさに、首をのけぞらせて悶えた。

「いい、感じるって言えます？　言えたらこっちも触ってあげる」

「っぁ……！」

　乳首を嬲りながら、叶野はもう片方の手をするりと桐生の下肢《かし》へとすべらせる。スラックスのジッパーを押し上げるそこは、すでにきつく、欲望の形をあらわにしていた。いまはまだ生地が押さえ込んでいるからいいが、ジッパーを下ろされたら終わりだ。自分でも恥ずかしくなるほどに昂《たかぶ》ったそこを叶野に見られるのが怖い。

「や……っい、やだ……はなせ……！」

「だーめ。課長は乳首を弄られると勃起しちゃうってこと、バカな俺に何度も教えてくれなきゃ。ゆーっくり下ろしますから、じっとしてて」

「んぅ……ッ……」

部屋に響くのは荒い息遣い、そして金属《きんぞく》がジリッと噛む音。どちらも自分が発しているのだと思い至《いた》ると、ますます身体の真ん中が熱くなる。それがよけいに叶野を喜ばせたようだ。ベルトのバックルをゆるめ、何度もつっかえながらジリジリとジッパーを下ろされて、しまいにはボクサーパンツの縁に人差し指が引っかかった。

くの字に曲がった指が、ぐいっと下りて、ぶるりと震えながら肉茎が飛び出す。

「あっ……！」

「ハハ、想像以上に敏感。こんなに根元からしっかり勃起してたんですね」

ちらりとはみ出る根元のくさむらを指でかき回す叶野が、もったいをつけながら肉茎の裏筋を辿り出す。爪先でカリカリと引っかかれると、とろっとした蜜が先端の割れ目からこぼれ出た。いい、なんてもんじゃない。このまま達してしまいそうなほどの快感に襲われて、胸を波立たせた。

「だめだ……っ……かの……っう……いじ、るな……！」

「お尻を俺に擦りつけてるくせに、そんな強がり言います？　びくびくしちゃって可愛いなぁ……いまにもイきそ」

くすくすと笑う叶野は、あふれる蜜を助けにして桐生のそこを扱きながら、片方の腕を上げさせ、剝き出しになった脇《わき》の下《した》に、べろっと舌を這わせてくる。いつになく艶《なま》めかしい感触に、悲鳴のような喘ぎが喉奥から漏れ、慌ててくちびるを引き結んだ。

「んぁ――……っ……ア……ア……ッ」

「もうほしい？　課長、俺がほしいならそう言ってください。せつない声でおねだりされたら、俺もここがどこだか綺麗さっぱり忘れて、課長を抱いてしまいます」

「……っ……」

はっきりと断るべきだ。船の中での情事なんて、小説や映画の中だけでたくさんだ。

理性ではそう思うのに、いままさに自分がドラマの主人公になってしまった気分で、触れられる先から、熱い炎《ほのお》でちりちりと炙《あぶ》られるような錯覚《さっかく》に陥《おちい》る。

もし、こんな場面を誰かに見られたら。

身体が萎縮《いしゅく》し、滾《たぎ》るはずもないのに、刻々と昂っていく。

「擦ってほしい？　扱いてほしいでしょ。ガチガチに張り詰めた課長の×××、とろっとろになってますよ。ちゃんと出せたら、ご褒美《ほうび》にうしろからいっぱい突いてあげます」

その言葉に、身体の奥底で理性もろとも熱がぱっと弾けるようだった。

「……ぅ……叶野……」

「ん？」

「して……ほし、い……っ……」

「なにを？　はっきり言ってもらえないと俺、わかんないな」

「……くそ……ッ……前、前、触ってくれ……我慢、できない」

「なんで？　ここ、船の中ですよ。いくら課長大好きな俺でも、初島くんや入江くんたちに、こんなことしてるのバレたら恥ずかしいんですが」

「おまえが始めたことだろ……！」

　涙混じりに訴えると、叶野は、ぐしゅぐしゅっとそこを淫らに扱き上げてくる。あまりの気持ちよさに声を失い、髪を振り乱した。

「あぁぁぁ……っかのう、……かのう……っもっと、……もっと……」

「ぐちゅぐちゅしてあげる」

「ん、んっ、だめだ、イく、出る……ッ！」

　大きな手のひらで何度も握り直された挙げ句、どろりとした白濁をほとばしらせた。いいなんてもんじゃない。このまま気を失いそうだが、若い叶野はまだ腹を空《す》かせているらしい。器用に桐生からスラックスを引き剝がし、ベッドに四つん這いにさせてきた。

「ああ、もうひくひくしてる……課長ったらお尻で俺をほしがっちゃうんですね。エッチすぎるでしょ。普通の男はね、うしろで感じたりしないんですよ。もっと言えば、乳首を大きくさせてない。……あー、怒んないでくださいよ。坂本さんが強引に課長のお尻を開発しちゃったんですよね。すみません。ちゃんとわかってますよ、俺だって。桐生課長はもともとまっとうなひとで、坂本さんっていう変人に変えられちゃっただけ。でも、いまは俺がほしいでしょ？」

「う……ん……っ……ほしい……」

しっとりと汗ばむ尻の狭間に、漲《みなぎ》った男根をすりすりと押しつけられてしまえば、後に引けない。ただ激情がこみ上げてきて、最奥までねじ込んでほしいと願うばかりだ。

「どうしようかなぁ……やめてもいいんだけどなぁ……だって俺、風邪引いてるし……」

「バカ……っこんなところで、やめるな……！　あ、ん、ん、ふかい、叶野……深い……っ」

ぐうっと突き込んでくる肉竿は、とびきり熱い。叶野が風邪を引いているのはほんとうのようだ。容赦《ようしゃ》なく抉ってくる、太く猛々《たけだけ》しい年下の男のそれに陶然《とうぜん》となり、シーツをかきむしった。

「課長、すっごい締め付け……」

「あ、っ、あ、っ、すごい、っ、叶野の、熱くてふとい……っ奥まで、とどく……っ」

肩までシャツを落としているものの、ネクタイは首にゆるく引っかかったまま。なのに腰から下は肌をあらわにし、尻を剝き出しにして叶野を咥《くわ》え込んでいる。ズチュッ、ヌチュッ、とぬめる音が脳内を揺らす。自分の身体がこんなにもいやらしい音を響かせるなんて。

恥ずかしい、いますぐやめたい――やめたくない。

「……んっんっん……っいい……いい……っあぁ……っおかしくなる……！」

「ね、俺も。課長のまぁるいお尻に突っ込んでると時間忘れちゃう。あー、このままずっとズボしてたいな。課長の綺麗な身体のあちこちに、俺の痕《あと》をたくさん残して、引っかいて、満足しきったら射精してあげます。まだまだ楽しむけど」

「もう……だめ、……だ……我慢できな……っ……」

丸みを帯びた尻肉を両手で掴まれて割り開かれ、ぐっぐっと背後から押し挿《はい》ってくる男根に、身体中が突き動かされた。昼日中からベッドに組み敷かれて中途半端に服を脱がされ、うしろから犯される背徳感《はいとくかん》に、なにもかも焼き切れそうだ。

やめてほしい。そう言うかわりに、「もっと……」と声を嗄《か》らしていた。

「あぁ……っ……もっと……っ」

「ん、もうちょっとだけ我慢。課長、感じまくって、すぐにイきたくなっちゃうの可愛いけど、たまには堪《こら》えてみなきゃ。もっと気持ちよくなれますよ」

ずくずくと穿《うが》たれて、つらいほどに感じてしまう。性器の根元を輪っかにした指で締めつけられたせいで、簡単に射精できない。頭の中でいくつもの火花が散り、軽い絶頂を繰り返した。突き続けられながら前を弄られる快感に、声が嗄れる。

「ん、あぁ、あっ、は、だめ、だめだ、叶野、叶野、っ、奥、出して、もう……っ」

「んー……課長が可愛いからそうしよっかな」

勢いをつけて貫《つらぬ》いてくる叶野のそこは、最奥でびくんと震え、上壁を執拗《しつよう》に擦りながら抜け出ていく。完全に抜けそうになって慌てて食い締めると、くすっと笑う男に、ずんっと突かれて、胸に溜まった酸素をすべて吐き出した。

「めちゃくちゃ締まる……なにこれ、いつもとぜんぜん違うんですけど。俺の×××、そんなに好き？　課長の中、俺のをやらしくしゃぶり尽くしてますよ」

「ちが……っ……ん、ぁ、あぁっ、そこ……だめだ……きもち、い……っ」

まるで身体中が性器になってしまったみたいだ。ぬるっ、ぬるっ、と出たり挿ったりする太竿の感触がリアルで、嬌声が大きくなっていく。強く浮き立った血管のひとつひとつまで、蠢《うごめ》く襞《ひだ》で感じ取っていた。

熱い肉洞で包み込む男の律動は逞しく、激しい。

──もうだめだ、勘弁《かんべん》してくれ。

胸の裡《うち》ではそう思うのに、身体は止まらない。火照《ほて》る体内深くで咥え込んだ叶野を、物欲しげにねっとりと肉襞で締め付けた。

最奥を亀頭で、どちゅどちゅと捏ね回しながら突き込んでくる男が、夢見心地に囁いてきた。

「今度はフェラさせちゃおっと。課長の整った顔にぶっかけたい。いや、飲んでもらおうかな。……ヤバ、イきそう。課長、一緒にイきます？」

「ん、っ、んっ、イく、イかせてくれ……っ」

「じゃ、シーツめいっぱい濡らしちゃいましょ」

「あ──あ、っ、だめ、だめ、っ、そんなに、したら、出る、出ちゃう、いい……っ……！」

「……ッ」

深くまで挿り込む叶野の大きな腰遣いに堪えきれず、極みに昇り詰めた。

喉の奥からせり上がってくる熱い吐息とともに掠れ声を上げ、きゅうっと最奥が引き締まる。

勝手にびくびくっと身体がわななき、繰り返し絶頂に押し上げられてしまう。

「んっ……んっ……かのう……かのう……っ……」

「あー……きもちいー……まだ出るから待って……。孕《はら》ませちゃいそうだな」

低く笑う叶野の多すぎる精液が、媚肉の隅々まで濡らしていく。硬く勃ち上がっていた肉茎も叶野に握られたまま震え、真っ白なシーツに甘蜜がびゅくびゅくと垂れ落ちる。嘘みたいに熱い肉棒が身体の真ん中に刺さっていて、苦しいくらいに気持ちいい。

「課長、ほんっといい……抜きたくないな」

心底惜《お》しむような口調の叶野は、繰り返し桐生の尻を両手で撫で回し、まだ繋がっている部分にそうっと指を這わせてくる。触れるか触れないかの感触にぞくりとした。

背中に深く覆い被さる叶野が楽しげに囁いてきた。

「誰にも内緒で、もう一度しちゃいましょ。課長がもうやめてくれって言うまで感じさせてあげる」

8

桐生《きりゅう》をほしがる男は船内のあちこちにいた。桑名《くわな》、叶野《かのう》、そして坂本《さかもと》。ひょっとしたら、新人の入江《いりえ》や初島《はつしま》もそうかもしれない。

――狙《ねら》われてる。

一瞬も油断できないと気を引き締めることが第一だ。こんな状況《じょうきょう》がずっと続いたら、さすがにノイローゼになると思うが、幸い、下船する日は決まっている。

――大丈夫。こんなことに囚《とら》われる俺じゃない。船室にこもったら、あいつらは牙《きば》を剝《む》く。だったら、今後は船を下りるまで、ひとりでいるところを見られなければいいだけだ。

海の上に出て二日目。桐生は全員がそろう朝食の席で、努めて平静を取り繕《つくろ》っていた。綺麗《きれい》な焦《こ》げめがついたトーストの耳はカリッとしていて美味《おい》しい。目玉焼きは桐生の好みの半熟《はんじゅく》で、フォークでつつくと、とろりと黄身が流れ出る。それをトーストの角ですくってほおばり、新鮮《しんせん》なサラダも残さず食べた。

「朝から桐生は元気だな。わんこも見習え」

桐生の隣に座る坂本が可笑《おか》しそうに言い、指摘《してき》された叶野は決まり悪そうに笑っている。その隣で入江と初島が怪訝《けげん》そうな顔をしていた。

「あの、桑名部長、この方は……」

「うちの会社のひとですか?」

新人たちが坂本を謎《なぞ》に思うのも当然だ。なんの打ち合わせもなく乱入《らんにゅう》してきた坂本は、呆《あき》れるほど図々しく桐生の部屋に居座り、ゲストベッドを要求してきた。何度、窓《まど》から坂本を海に叩《たた》き落とそうと思ったことか。しかし、結局は唯々諾々《いいだくだく》と命令《めいれい》に従い、簡易《かんい》ベッドを入れてもらった。

ここで争っても、ああだこうだと言いくるめられるのは間違いない。『いますぐ出ていけ』と強気に出ることも考えたが、知らない場所で誰かに見咎《みとが》められた坂本が平然と、『桐生義晶《きりゅうよしあき》って奴と知り合いなんだが、無情にも部屋を追い出されて』と言うだろうこともわかっている。海の上なのだし、無責任に放り出したら、ほかの客に迷惑《めいわく》がかかる。

——坂本のことは、いちばん知ってるし。

ため息をつきながら、朝食を終えてレストランから出て、入江と初島を連れて船内をチェックすることにした。もともと豪華客船《ごうかきゃくせん》だから、客がほしがるサービスは全てそろっていると言っても過言ではない。しかし、そこにプラスアルファの魅力《みりょく》をつけ足し、世のひとびとの目に留まるような企画に仕立てていくのが桐生の仕事だ。入社したばかりの入江たちにも「どんどんアイデアを出してほしい」と言いながら、まずはプールに向かうことにした。まだ早い時間だが、明るい陽《ひ》の光が射《さ》し込むプールは賑《にぎ》わっていた。

「人気施設なんですね。海の上を旅しているのに、あえてプールに入るっていうのも、なんかおもしろくありませんか?」

入江の質問に、「確かに」と頷《うなず》く。

「青い海に囲まれているからこそ、自由に泳ぎたくなるんだろう。ホエールウオッチングのプランもあるようだ」

「へえ、クジラかあ。一度見てみたいですね。俺、海獣《かいじゅう》って水族館でシャチを見たぐらいですもん」

無邪気《むじゃき》な初島にちいさく笑い、プール内を見回した。カラフルな水着を身に着けたひとびとは、水しぶきを上げながら泳ぐほかに、デッキチェアに寝そべって、のんびりとドリンクに口をつけたり、読書を楽しんだりする者もいる。雰囲気《ふんいき》を盛り上げるためのポップミュージックがかかっているのも、船上の旅らしい。

肌もあらわなひとびとが、スーツ姿の自分たちに不思議《ふしぎ》そうな顔を向け始めた。「べつの場所に行こう」と桐生が先を歩き出し、部下があとをついてくる。

「次はミニゴルフ場だ。きみたち、ゴルフの経験は？」

「あります。大学でゴルフサークルに入っていたので」

入江が言えば、初島も、「毎年家族でグアムに行くので、そのときに」と余裕たっぷりだ。

「いまどきの若者にしてはめずらしいな。私はたまに得意先に誘《さそ》われて行くぐらいだ」

広々としたミニゴルフ場に足を踏み入れた瞬間、入江がすっと背後から近づいてきた。

「課長がクラブを振ってるとこ、想像するとなんだか疼《うず》きます。色っぽく腰をひねるんでしょうね。女性の上で腰を振るより、男に抱かれて身体をよじらせているほうが好きそう……なんてね」

「……ッ」

慌《あわ》てて振り返ると、素早く飛び退《の》いた入江が、くすりといたずらっぽく笑う。信じられない言葉を耳にした気がするが、なんだったのだろう。つかの間、呆気《あっけ》に取られたのが悪かったのかもしれない。入江はウインクをして、なんでもない顔をする。すこし離れた場所でゴルフ場をチェックしていた初島には聞こえていなかったようだ。入江と桐生を交互に見つめてくる。

「どうかしたんですか？　ふたりでなんかいい雰囲気になっちゃってますけど」

「そんなんじゃない。……そんなんじゃ、ない」

声が掠《かす》れた。断じて入江に欲情しているわけではない。ただ、近づき方が絶妙《ぜつみょう》すぎて、怒る暇《ひま》もないくらいだ。こっちが隙《すき》を見せると、勢いよく食らいついてくる叶野や桑名とはまた違う。坂本とも違う。

入江は危険だ。あらためてそう思う。いますぐ退かなければ、また彼らがつけあがる。

「いい加減にしろ。仕事中だ」

そっけなく言って突き放そうとしたが、今度は初島にぐっと二の腕を摑まれて振り向かされた。

「昨日、叶野さんの部屋でなにしてたんですか？」

「――え……？」

なにを言われたのか、さっぱりわからない。

唖然《あぜん》とするしかなく、ニヤニヤする初島の顔をただただ見つめた。それこそ穴が空くほどに。

「勃起《ぼっき》した胸のお豆、叶野さんにたっぷり、くりくりしてもらったんじゃないんですか？　入江から、課長の秘密を聞いたんです」

　初島の下品な物言いに身体が芯《しん》から震《ふる》えた。入江がなにか言うのかと身構《みがま》えていたら、とんだ伏兵《ふくへい》がいた。いま耳にしたばかりの言葉の意味を考えようとしたが、無理だ。なにひとつ、桐生の辞書にはない。桑名たちにどれだけ抱かれようとも、桐生の高潔《こうけつ》さは失われなかった。

　――身体をゆだねるのはともかく、こころまで奪《うば》われたら終わりだ。

　これでも二十九年生きてきたのだ。ビジネスマンとして第一線を走ってきたという自信のもとに、いまの自分はいる。多くのひとを目にし、なかには無愛想《ぶあいそう》だったり、無責任だったり、無遠慮《ぶえんりょ》だったりした者もいた。だが、そういうことにいちいち怒っていたら仕事にならない。

　――そうだ、これだって仕事のうちだ。

　ぐっと奥歯を噛《か》み締め、目の前に立ちふさがる長身の男を見上げる。怯《ひる》まず、臆《おく》することなく、堂々と。

「自分の立場がわかっていないようだな。社会に出たばかりで、一人前の人間としての振るまいがわかっていないのは不幸《ふこう》だ」

「もう、そんな味気《あじけ》ないこと言わないでください。なにも知らない若者が、色気たっぷりな大人の男のお手本みたいな課長に、手ほどきを受けたいって話なんですけど」

　曰《いわ》くありげに微笑《ほほえ》む入江は、悔《くや》しいほどに魅力的で、坂本とはまた違うタイプのクズだ。口がうまく、見た目も隙がない。控《ひか》えめな艶《つや》を放つスーツは吊《つ》るしではなく、たぶんオーダーメイドだろう。ちらっと視線を投げると、彼の袖口《そでぐち》が視界に入る。豊かな経験を積んだ者だけが施《ほどこ》せる、うつくしいステッチに一瞬気を取られた。これまでに数えきれないスーツを見てきたけれど、入江のは別格だ。

「ねえ課長、ちょっとこっち」

「おい、バカ、離せ！」

腕を摑《つか》まれたまま、ぐいぐいと引っ張られ、ロッカールームに連れ込まれた。

明るい室内はどこもかしこも清潔《せいけつ》で、間が悪いことに誰もいない。ちょうど皆、プールに行っているのだろう。数列あるロッカーのいちばん奥に押し込まれ、詰《つ》め寄られた。

入江と初島が両脇《りょうわき》から挟《はさ》み込んできて、ふうっと耳に熱い吐息《といき》を吹《ふ》きかけてくる。

「ちょっとだけです。あなたが本気で嫌がることは絶対にしません。俺たちに愛ある教育をお願いします」

「なにを寝ぼけたことを言ってるんだ！　私はおまえたちを管理する立場だが、性的なことまで担《にな》っているわけじゃない。これ以上、近寄ると大声を出すぞ」

「構いません。出せなくするんで」

ふてぶてしく言ってのける入江が鼻先で微笑み、ふいにくちづけてきた。やけどしそうなほどの熱に目を剝《む》き、一瞬《いっしゅん》抵抗するのも忘れた。

遠慮《えんりょ》なく、くねり挿《はい》ってくる肉厚の舌が、ちゅるっと強く啜《すす》り込んでくる。桐生の動揺《どうよう》も隙もすべて読み切った男のキスは大胆《だいたん》すぎて、息継ぎもできない。

「んーーう……ッ……ん……っ」

固《こぶし》めた拳で懸命《けんめい》に入江の胸を叩《たた》いた。力加減《ちからかげん》は一切《いっさい》しなかった。頬《ほお》もひっぱたこうとしたが、その瞬間、シャツの上から淫猥《いんわい》な手つきで胸をまさぐられ、ひゅっと息を呑《の》んだ。舌を淫《みだ》らに吸《す》われながら胸を弄《いじ》られると、抵抗できなくなる。坂本たちに時間をかけて愛された結果、そうなったのだ。誰にでも感じるような淫乱《いんらん》ではないと臍《ほぞ》をかむ思いだが、男に抱かれる悦《よろこ》びを徹底的《てっていてき》に叩き込まれた身体は、新人社員たちの巧《たく》みな愛撫《あいぶ》に従順に反応する。

頬に入江の眼鏡《めがね》の縁《ふち》がかすかに当たるたび、舌を甘く、きつく吸い上げられて、だんだん頭の中に白いもやがかかっていく。目を閉じたらひと息に快感《かいかん》に呑み込まれそうだったから、懸命に入江を睨《にら》み続けた。そうすることで、入江の鋭《するど》い視線に間近で射貫《いぬ》かれ、さらに快感が増していく。

――だめだ、こんなことは絶対にしちゃいけない。上司だから、部下だからということじゃない。桑名部長、叶野、坂本は特別だ。あいつらにいいようにされているけれど、私だってここからこの関係を認めて、受け入れてる。坂本たちは身勝手に見えてそのじつ、私をいちばんに考えてくれている。……愛されて、大切にされている。だけど、入江と初島は――。

いまこそ怒鳴るところだと息を吸い込むのと同時に、疼く舌を激しく吸われて、脳内にちかちかと光が点滅《てんめつ》する。喘《あえ》いだら負けだ。すこしでも反応すれば、入江たちはますますつけあがる。だが、もう片側から初島がべたべたと身体中に触れてきて、誠実そうなその相貌《そうぼう》とは裏腹に、慣れた手つきで桐生のシャツをはだけていく。

汗《あせ》が滲《にじ》む胸があらわになったとき、入江と初島の動きが止まった。

「へえ……すごい」

「……スッゲ、こんなエロい乳首見たことない」

熱っぽい声に、一気に体温が上がった。見られた——暴《あば》かれてしまった。胸の秘密を。

男たちによって育てられた胸は、しなやかな筋肉に恵まれ、細身の身体にしては、全体は綺麗に盛り上がっている。ふっくらとした胸の真ん中には、ほんのりと赤く色づく乳首がぷるりと揺れ、主張していた。そこらにいる男とはまるで違う淫らすぎる肉芽に、ふたりの新人は言葉も忘れて見入っている。張り付く視線を感じて、桐生は必死に顔をそむけた。しかし、入江が尖《とが》りの先端《せんたん》を指でツンツンとつついてきたことで、ぴくんと反応してしまった。

「いいな、可愛い……桐生課長ってこんなに素晴《すば》らしいパフィーニップルを隠《かく》し持ってたんですね。絶対に女性のためにここまで育てたんじゃないでしょう。身体を鍛《きた》えるのが趣味という男はいくらでもいるけど、課長もそうなんですか？　細身マッチョになるようジムで鍛えたとか？」

「生まれつき、ぷるんぷるんの乳首だったかもしんないじゃん。だとしたら、プールとか水遊びは、さぞかし大変だっただろうな。幼い頃からこんなにやらしい胸をしてたら、皆おかしくなってる」

「ちが……っ……ちがう、これは……生まれつきなんかじゃ……これは……」

勝手にああだこうだと言われるのもいやだ。抗《あらが》いの言葉に、入江と初島は顔を見合わせた。

「男に抱かれて、こんなにむっちり乳首になったんですか？　正直に言わないと、あなたをもっと辱《はずかし》めちゃいますよ」

「……ッ……く……っ」

乳頭《にゅうとう》をすりすりと指の腹でやさしく撫《な》でられるのがたまらなくいい。叶野たちとはまた違う、若い愛撫に声を殺した。弄られるたびに、だんだんと芯《しん》が入る肉豆は、ふるふると震えながら盛り上がっていく。

「あー……たまんね。見てるだけで唾溜《つば》まってくる」

「もうすこし待て。完全に乳首が勃起《ぼっき》するのが見たい」

舌舐《したな》めずりする初島を制止する入江は、まるでしつけのいい犬の飼い主みたいだ。冷ややかな声とともに片手で眼鏡を押し上げ、もう片方の手で桐生の乳暈《にゅううん》を撫で回す。逞《たくま》しい初島にがっちりと押さえつけられているせいで、身動きも取れない。さわさわとかすかに触れていただけの指が、しだいに、確信を持って乳首の先端を捏《こ》ね回す。

「ッ……ん……やめろ……やめ……っ……手、離せ……クビになっても、いいのか……！」

「構いません。こんなに色っぽい胸を目にして、引き下がる男はいませんよ。それにまだ俺たち若いんで。働き口はいくらでもあります。いまは課長の乳首をゆっくり嬲《なぶ》りたい」

「犯《おか》してえ」

初島の上擦《うわず》った声が鼓膜《こまく》にじわりと染み込む。身《み》も蓋《ふた》もない言葉に嫌悪感《けんおかん》がこみ上げてくるが、身体の奥底から、なぜか熱がこみ上げてくるのが我ながら信じられない。まるでいとおしい恋人にするように、入江は慎重《しんちょう》に触れてくる。もったりと斜《なな》め上に頭をもたげ始める赤い肉芽は、男たちの視線を集め、肌がちりちりと痛い。それほどに敏感《びんかん》になっているのだ。

半端《はんぱ》にシャツとジャケットをはだけられて胸元だけ晒《さら》した桐生は、壁に押しつけられ、激しい呼吸を繰り返した。そのたびに乳首がぷるんと揺れながら、根元からせり上がる。

男の胸にしては完璧にいかがわしい。ピンと張り詰めたなめらかな肌は、悩ましい朱《しゅ》に染まって汗ばみ、初島に両手首を摑まれて掲《かか》げられているせいで、白い脇《わき》の下《した》がちらりとのぞいていた。体毛の薄い桐生のそこはつるんとしている。それもまた、男たちの劣情《れつじょう》を煽《あお》るのだろう。

胸の真ん中にともる紅色の尖りが完全に勃ち上がったのを目にした初島が、我慢できずにむしゃぶりついてきた。

「あぁ……ッ！　あっ、や、いやっ、やだ、舐めるな……っやめろ……！」

ロッカールーム中に響《ひび》き渡る声を放ったが、誰ひとり助けは来ない。それがわかっているのだろう、初島は口に含《ふく》んだ乳首を、じゅっじゅっと音を響かせながら吸い上げ、上目遣《うわめづか》いに、にやりと笑いかけてきた。

「うっま……こんな美味乳首、初めてですよ……たっぷり吸わせてください」

「ん――ぅ……！」

初島のねっとりした舌遣いに、さらに乳首がふくらんでいくのがわかる。いやなのに、感じるのを止められない。執拗に舌先で捏ね回され、つつかれ、乳暈ごとじゅうっと吸われて、甘痒《あまがゆ》い刺激が広がるのと同時に、初島がちゅぱっとくちびるから乳首を抜いてしまう。

入江も乳首をいたぶる手を離した。ツンと尖りきった乳首の先から、とろっと初島の唾液《だえき》がしたたり落ちる。

途端に物足りなさが襲いかかってきて、みっともないくらいに腰が揺れる。

「く……っ……いり、え……！」

「続き、してほしいですか？」

悪辣《あくらつ》に微笑む男を、ぎっと睨んだが、うっすらと熱いしずくが目尻に滲んだ状態では、説得力に欠ける。セックスの手練《てだ》れらしい新人に翻弄《ほんろう》され、快感《かいかん》の奈落《ならく》に落とされつつあるなんて許すものか。自分はそんなに見境《みさかい》のない人間じゃない。

「課長の考えてること、俺にはわかりますよ。あなたはプライドが高くて、うつくしくて、ストイックで……きっと会社中の誰もが憧《あこが》れている。叶野さんも、そのひとりですよね？」

「俺たち、課長が叶野さんの部屋に入ってったあと、扉《とびら》に耳をくっつけて一部始終聞いちゃいました。桐生課長って、あんなにせつない声を出すんですねえ。もう俺、ビンビンに勃起しちゃいましたよ」

「おいこら、そこまで言ったら桐生さんに嫌われるぞ」

初島をたしなめる入江に奥歯を噛み締めた。もうとっくに好き嫌いを通り越していた。神経がひりひりし、うなじの毛が逆立つ。

「冗談《じょうだん》を言うのもいい加減にしろ。本気で大声を出すぞ。未来を潰《つぶ》してもいいのか」

「いいですよ。あなたの淫らな半裸《はんら》を皆さんに見せていいのなら。もちろん、俺たちはこう言います。『課長みずからシャツを脱《ぬ》いで誘ってきました』って。皆、この間入社したばかりの新人と、美貌《びぼう》の課長と、どちらの言い分を聞くかな……。どう考えてもエッチな課長が誘惑《ゆうわく》したって思いますけど」

くちびるの端《はし》を吊り上げる入江に歯を食いしばった。分が悪すぎる。彼の言うとおり、双方のキャリアを考えたら、自分から誘いかけたと疑うひとは多いだろう。断固として身の潔白《けっぱく》を訴《うった》えたいが、策士《さくし》の入江のことだ。しおらしい顔を作って、皆の同情を引くに違いない。

「そうそう、黙《だま》ってたほうが身のためです。文句ないでしょう。俺たちで課長を愛してあげるって言ってるんですし。若い男の味を知りたいでしょう?」

入江が身体を寄せてきて、綺麗な長い指をするっと桐生の下肢《かし》に這《は》わせてきた。そこまでするのか。瞠目《どうもく》する桐生をよそに、入江はスラックスをゆるめてくる。初島に手首を押さえつけられているから、逃《のが》れることも不可能だ。

何度も息を吸い込み、吐き出した。

もうなにもかも諦《あきら》めたほうがいいかもしれない——いや、一度身体を許したら、彼らはしつこく何度も脅《おど》してくる。入江たちの慰《なぐさ》み者《もの》になるのだけはごめんだ。まなじりを吊り上げ、桐生は力を振り絞《しぼ》って暴れもがき、驚《おどろ》いた入江がわずかに後じさったのを見逃さずに、彼の股間《こかん》に向かって膝《ひざ》を突き上げた。

「ぐ……っ！」

桐生の渾身《こんしん》の膝蹴《ひざげ》りを、まともに食らった入江は身体をふたつに折り曲げ、よろける。

「おい、入江！」

慌てた初島が手を離した隙に駆《か》け出そうとしたが、すんでで背後から入江に捕《と》らえられた。

「だーめ、逃がさない。あなたは俺のもの。食い散らかしてやる」

肩越しに見た、彼のくちびるからのぞく鋭い犬歯に頬を引きつかせたときだ。

「──なにやってんだよ、……っと」

「つ……っぅ……！」

突然、目の前に躍《おど》り出た人影《ひとかげ》が、入江の横《よこ》っ面《つら》を張り飛ばす。パン、と乾《かわ》いた音は軽く聞こえたけれど、相当の威力《いりょく》を秘めていたようだ。桐生の膝蹴りを受けたときとは比べものにならないくらいに入江は吹っ飛び、床に尻餅《しりもち》をついた。

「坂本！」

掠《かす》れた声に振り向く坂本は、いつもの顔だ。どこか愉快《ゆかい》そうな光を宿した目に、笑みを浮かべたくちびる。顎《あご》に散らばった無精髭《ぶしょうひげ》。

「なんでここに──」

「暇《ひま》だから泳ぎに来たんだよ。部屋でゴロゴロするのも飽《あ》きたし」

坂本は、「ほら」と言って宿泊客用のバッグを突きつけてくる。その中には確かにハーフ丈《たけ》の水着と着替えの下着が入っていた。

「せっかくのバカンスを楽しもうと思ったのに、こんな場面に当たるとはな。おいこら、おまえら桐生の部下だろ。ていうか、この間入社したばっかの若造《わかぞう》がなにしてんだよ」

薄笑《うすわら》いを浮かべた坂本は、ラフなTシャツにスウェットパンツというカジュアルスタイルだが、ラブグッズ製作とギャンブルにのめり込むほかにも、意外と身体を鍛えるのが好きなようだ。逞しい肢体に圧倒された入江たちが、顔をこわばらせる。

まだ立ち上がれない入江に、すたすたと歩み寄った坂本は、呆然《ぼうぜん》としている新人の胸元をぐいっと掴み上げた。

「坂本、手荒なまねはよせ」

「こいつらに情けをかけるのか。貞操《ていそう》の危機《きき》だったくせに」

ちらっと視線を投げてくる同居人に、急いで服の乱れを直す。こういうとき、アンダーシャツを着たほうがいいのだろうかと悩んでしまう。最近はワイシャツの生地《きじ》もアップデートされ、冷感機能が施《ほどこ》されたもの、熱を逃がさないものと季節に合わせたタイプが出るので、いつでもじかにさらりとした感触を楽しむことができる。だから、あえてアンダーシャツを着ないのだ。どんなに薄い生地でも、ワイシャツに響く。背中から見たときに、インナーが透《す》けて見えそうなのは個人的に好まない。

だが、いまは違う。ぴしりと整えたワイシャツの胸を突き上げるように、そこがツンと生意気《なまいき》に尖っていた。誰がどう見ても、乳首がふっくらと腫《は》れ上がっているのが一目でわかるはずだ。

そして、こう思うだろう。

『あんなに、いやらしくふくらんだ乳首の男は見たことがない』

それが、桐生だ。

——船を下りたらすぐにインナーを買おう。

そう決心しているかたわら、坂本は入江と初島を小突《こづ》いている。

「ふたりともそこに立て。謝罪《しゃざい》動画を撮る」

「え、あの……そんなもの撮ってどうするんですか」

「どうすると思う？」

怯《おび》える初島に、坂本はつまらなそうに鼻を鳴らし、乾いた笑いを漏《も》らした。つきあいの長い桐生が、初めて見る笑みだ。皮肉《ひにく》交じりの笑みや苦笑い、余裕綽々《よゆうしゃくしゃく》といった笑みは、いやになるほど目にしているが、他人を前にしてほとんど興味を持たない坂本というのは見たことがなかった。アダルトグッズ開発という仕事柄《しごとがら》、自分以外の人間に坂本はいつも興味津々《きょうみしんしん》だ。ひるがえせば、自身のことには無関心である。だから、いつも髪はぼさぼさだし、無精髭も生やしているし、服だって同じブランドの同形、同色のアイテムをそろえ、毎日代わり映えのない格好《かっこう》をしている。

他人の性欲に深く抉《えぐ》り込む坂本は、他人がどんなシチュエーションで燃えるのか、つねに人間観察を怠《おこた》らない。そういう意味で、叶野や桑名たちとも不可思議《ふかしぎ》な関係を続けているのだろう。

そんな彼はいま、スマートフォンを構えて、初島と入江を醒《さ》めた視線で睥睨《へいげい》している。

「壁を背にしてこっちを見ろ。ふたりで『僕たちは悪いことをしてしまいました。細かいことは明かせませんが、ほんとうに申し訳ありませんでした』と言うんだ」

「坂本、もういい」

同居人の腕を摑んで止めようとすると、「まあまあ、いいからいいから」と坂本はにやっと笑う。

「心配そうな顔するな。悪いようにはしない」

「でも、動画まで撮らなくていい。おまえだってあいつらを吹っ飛ばしたんだ。お互いさまじゃないか」

「桐生はほんとうに甘いな。そんなんだから俺たちにつけ込まれるんだぞ」

肩をすくめる坂本がため息をつく。

「ほらほら、言うことを聞け。さっきの台詞《せりふ》を言うだけでいい。じゃないと、エロいことさせるぞ」

「あ、謝ります謝ります」

びくっと身体を震わせた入江と初島が、ぴんと姿勢を正して壁を背に立ち、深々と頭を下げた。

「僕たちは悪いことをしてしまいました……」

スマートフォンを向ける坂本は、ひたすら可笑しそうに笑っていた。

9

「叶野くん、もう熱は下がったかな？」

「すみません。たびたびご迷惑《めいわく》をおかけしてしまって。今度こそ全快《ぜんかい》しました。バリバリ働きます。船内の施設はもう全部回りましたか？」

その夜、すっかり元気になった叶野を交え、桑名と三人でフレンチレストランに来ていた。

あれから叶野は充分に身体をやすめたようだ。そして、坂本とともに部屋に戻った桐生も、しばしの休息を取った。目を覚ますと坂本がバスタブに熱い湯を張ってくれたので、爽《さわ》やかなグレープフルーツの香りのバスソルトを溶かし込み、ゆっくりと浸《つ》かった。おかげで気分が一新し、清潔《せいけつ》なシャツ一式を身に着け、このレストランに足を運ぶことができた。坂本は、ルームサービスでも取ると言っていた。

窮地《きゅうち》を救ってくれたクズ、いや、恩人《おんじん》に礼を告げ、海の上にいる間はゆっくり過ごしてくれとつけ足した。

『好きなものを食べてくれ。代金は気にしなくていい』

『桐生が払うのか？』

『すこしでも礼がしたい』

とけ』

『なら、陸に降りたときにあらためてリクエストする。限度額のないクレジットカードを用意し

『ギャンブルはお断りだからな』

念のため釘《くぎ》を刺《さ》しておいたが、ベッドに寝そべりながら持参したタブレットをのぞいていた坂本は、ひらひらと手を振り、『わかったわかった』と言っただけだ。

いつもの自分たちに戻れたとほっとし、桐生は桑名、叶野との夕食に意識を傾《かたむ》けることにした。

入江と初島は同席していない。もともと、この場はクルーズを企画した三人だけで、ということになっていたのだ。部下たちはいま頃、船内のレストランで放心しているはずだ。

「クルーズも明日で三日目、ちょうど折り返し地点だね。施設のほとんどを実際に楽しんでみて、どこも最高のサービスだとわかったよ。部屋もいいね」

「部長はスイートですもんね。どうですか？　ベッドの寝心地も違うのかな」

「どうだろう、すこしは違うかもね。資料によると、最高級のフランス製だそうだ。世界クラスのセレブも乗る船だから、僕が泊まっているスイート以上の部屋はさらに豪華《ごうか》だ。船が揺れても大丈夫なように、しっかり固定してあるシャンデリアや、マホガニー製のファニチャー。壁にかけられている絵画《かいが》も複製《ふくせい》じゃない、本物だ。絵にかけられている保険額を聞いたら、ふたりともきっとびっくりするよ」

「すごいものですね。さすがイギリスが誇る豪華客船だけのことはあります。こんな機会がなければ、一生乗ることはありませんでした」

感心した桐生が吐息を交《まじ》えながら呟《つぶや》くと、桑名はいたずらっぽく微笑む。

「僕は子どもの頃に、両親と一緒に世界旅行に出たことがあるんだ。こんな船でね」

「え、マジですか」

思わず雑な口調になる叶野を肘《ひじ》でつついたが、桑名は顔の前で手を振り、「気にしないで」と言う。

「僕らの仲じゃないか。もっと仲よくしよう。ね、桐生くん」

「…………」

熱っぽい視線を向けられると、頭に血が上りそうだ。いつだって桑名の微笑には裏がある。

「このクルーズプランは、これまでに僕たちが手がけてきた企画の中で、いまのところもっとも高級だ。いろいろと試算してみたんだけど、この船は外国籍ということもあって、普段は日本から海外へと渡るんだ。たとえば、ショートステイなら東京から韓国《かんこく》、または台湾《たいわん》とかね。その場合、最低でも六泊七日、五十万円はかかる。上限はない」

「五十万円ですかあ……思ったより高額ですね」

叶野は、鮪《まぐろ》のタルタルに焼き茄子《なす》のピュレを合わせた冷前菜《ひやしぜんさい》を美味しそうに口に運びながらも、思案顔だ。

爽やかな酸味《さんみ》が利《き》いたタルタルは、夏の暑さを吹っ飛ばしてくれる。

「だけど、普通に一週間、海外旅行をするとなったら、それくらいはかかるぞ。そもそも、この船は世界最大規模のラグジュアリー船だ。移動も寝泊まりも食事も、料金に含まれているオールインクルーシブで、人生に一度はこういう旅もあってもいい気がする」

「桐生くんの言うとおりだ。船旅は意外とコスパがいい。まあ、安く行こうと思えば、韓国や台湾へはもっともっと費用を抑《おさ》えられるけどね。でも、たまには奮発《ふんぱつ》して、想い出に残るスペシャルな船旅もいいんじゃないかな？　こういう旅をしたいと思う層《そう》はどんな感じだろう、桐生くん」

「……考えてみたんですが、船旅は昔から新婚《しんこん》旅行やシニア向けにアピールされてきましたが、おひとり様向けのプランがあってもいいと思います。こういうのはたいてい二名以上からですが、ひとりでゆっくり海の旅を楽しみたいというひとも、結構多いんじゃないかと」

「なるほど、ソロでの乗船か。いいかもしれないね。ラグジュアリーホテルに一名で泊まるのは難しいんだよ。日本もそうだが、海外では食事は自分ひとりではなく、誰かと楽しむものという考えが定着している。とくにヨーロッパはいまでもそうだ。夜、レストランに行くと、ほとんどは二名以上だね」

「んー、俺だったらサクッと牛丼食べて帰っちゃうことが多いんですけど。せっかく旅行してるんだったら、いつでも食べられるファストフードじゃなくて、特別なものが食べたいですもんね。ひとりでも気軽に豪華客船に乗って、最高のサービスを受けられるのは案外素敵《すてき》かも」

食欲旺盛《しょくよくおうせい》に、分厚い牛ヒレをナイフで切り分けて頬張っている叶野が、うんうんと頷《うなず》く。その満足そうな横顔に思わず笑ってしまった。

「おまえ、料理に夢中だろ」

「あ、バレてます?」

悪びれない調子の叶野は肩をすくめている。

「でも、ソロのスペシャル旅とはいえ、五十万円をぽんと気前よく払《はら》うのは度胸いりますよね。もっと強いフックがあるといいのですが」

「確かに、そこが問題点なんだ。気ままなひとり旅は皆憧《あこが》れるし、こういった船で移動して寝泊まりするなら、身の危険も感じなくてすむ。クルーは全員、乗客の顔を覚えているんだ。百二十パーセントのサービスは保証する」

「『ナイル殺人事件』みたいなことが起きたらどうします?」

世にも有名なアガサ・クリスティの著作名《ちょさくめい》を叶野が口にしたことで、ふわりと頭の中に光がともる。

妙案《みょうあん》が浮かびそうだ。乗客全員で、芝居《しばい》を楽しむというのはどうだろうか。

「私にすこし時間をいただけませんか? 明朝までにはメールでアイデアをお送りします」

「いいね。桐生くんがそういう顔をしたときは、かならず傑出《けっしゅつ》した案が生まれるときだ」

手放しで褒《ほ》める桑名に内心照《て》れる。桑名は社内でもとりわけ、部下の扱いに長《た》けた男だ。褒めるときは言葉を尽《つ》くして褒め、叱《しか》るときも筋道《すじみち》立てて、なにが問題かということをあぶり出す。いうなれば、飴《あめ》と鞭《むち》の使い分けがうまいのだ。

「部長はやはり私にとって憧れの存在です。見習わなければ」

「どうしたんですか、突然。俺にとっては、おふたりとも憧れの存在ですけど。入江くんと初島くんに振り回されてる俺、情けないでしょ」

めずらしく自己卑下《じこひげ》している部下の顔をのぞき込み、「おまえはよくやってるよ」と肩を軽く叩く。場を収めるための適当なお世辞《せじ》ではない、こころからの本音《ほんね》だ。自分の部下として働き始めたときから、叶野は頼れる右腕だ。頭の回転が速く、記憶力も決断力もいい。こちらの言ったことにも快活《かいかつ》に答えるので、貿易《ぼうえき》会社の社外窓口としても抜群《ばつぐん》の腕前を見せる男だ。現に、叶野が訪問した取引先は、きまって高い好感度《こうかんど》を表してくれるので、交渉《こうしょう》もスムーズに進む。

冷静沈着《れいせいちんちゃく》、氷《こおり》のような美貌で周囲を唸《うな》らせる桐生とはまた違う、親しみやすく頼りがいのある叶野は、いずれその才能を買われて、かならずや昇進《しょうしん》するはずだ。

「もしかしたら、おまえは私をひょいっと乗り越えて、部長補佐になるかもしれないな。そのときは遠慮《えんりょ》なく私をこき使ってくれ」

「そんな、滅相《めっそう》もない。俺にとって桐生課長と桑名部長はずっと先を走ってくれている存在ですよ。その頼もしい背中を追っていきますから——可愛がってくれると嬉《うれ》しいんですけど」

光沢《こうたく》のある真っ白なクロスがかかったテーブルの下で、こつんと膝頭がぶつかる。じわりと伝わる温かさが、なんとなくしあわせだが、するっと太腿《ふともも》に手を置かれて思わず目を瞠《みは》った。

「叶野」

「俺がほんとうに可愛くて、できる部下なら、もっとご褒美《ほうび》くれませんか」

「だったら、叶野の好きなワインをもらうか。デザートを奮発《ふんぱつ》してもいい」

「えー……」

ちらっと意味深な視線を投げかけてくる叶野を、向かいに座る桑名がじっと見つめている。そのくちびるは可笑しそうだ。

「ちょっとだけ、触らせてもらえません?」

「だめだ。ここをどこだと思ってるんだ。レストランだぞ」

そもそも、すこし前にプールで入江と初島から不意打《ふいう》ちを食らったばかりだ。桑名たちと食事し、仕事の話を進めることで、やっと不埒《ふらち》な熱が消えかかろうとしているのに。

「いまは仕事だ。おまえの欲につき合っている暇はない」

「つめた」

くくっと笑う叶野は、「ま、いいですけど。いまはね」と勝手なことをぬかし、食事を再開する。そこから先は怪《あや》しい雰囲気《ふんいき》に陥《おちい》ることもなく、新鮮《しんせん》なグレープフルーツのアイスに色濃く鮮《あざ》やかなベリーが添えられたデザートにたどり着いた。

紫や赤の丸いベリーは口内で軽やかな酸味を弾《はじ》けさせ、みずみずしさにきゅっと奥歯を噛み締めた。

「さすが、こんなに美味しい料理は陸にあるレストランでもなかなかお目にかかれないかと」

素直な感想を漏らすと、桑名も品よくスプーンを口に運びながら頷《うなず》く。

「僕もそう思う。このフレンチレストランは世界的に有名なシェフが手がけている。陸では自分の名を冠《かん》した店を持っているくらいなんだよ」

そう言って微笑む桑名は、ネクタイの結び目を指先でやわらかに押さえる。鏡《かがみ》を見なくても夕イのゆがみに気づく仕草は、スーツを素肌のように着こなせる大人の男だけに許されたものだ。知らず知らずのうちに桑名に見蕩《みと》れていると、色気のある視線で射貫かれて一瞬息を呑んだ。

「桐生くん、今日のネクタイの色、きみによく似合っているね」

「ありがとうございます。以前、桑名部長が気に入っているとおっしゃってたイギリスブランドのものです。かちっとした印象のネクタイが多くて、私にもひとつくらい似合うものがあるのではないかと思ったので」

「とてもいい。ダークネイビーのスーツにシナモンレッドの柄《がら》ネクタイがよく映えている。シャツが真っ白ではなくて、クリームベージュというのも品があるね。一流の男性にふさわしい組み合わせだ」

「部長、俺はどうですか？　俺も部長お気に入りのイタリアブランドを選んだんですよ」

横で得意そうに胸を張る部下に、桑名とそろって笑う。叶野のこういうところは好ましい。年下らしく、わがままを口にしているように見えるが、黙《だま》ってお追従《ついしょう》するのではなく、自分の好みを主張することで仲間に入ろうとするのは高等なテクニックだ。

他人とのコミュニケーションスキルが高い叶野は、自然に、無邪気にそういったことをやってのける。仕事上、スマートな身のこなしをと、こころがけている桐生からすると、すこし羨《うらや》ましい。

香り高い紅茶を堪能《たんのう》したら、各自いったん部屋に戻り、企画を練ることになった。

「では、桐生くんのアイデアを聞かせてもらうのは、明日がいいかな？」

「明日の夜には仕上げておきます。概要を作ってきますので、皆で話し合えれば」

「わかった。入江くんと初島くんも呼ぶ？」

「あの……いえ、まだ」

すこし声を掠れさせた。いたずらをされて、まだそう時間は経《た》ってない。落ち着くまで、ひと晩くらい猶予《ゆうよ》がほしい。

「あくまでも、明日ご提案するのは大枠《おおわく》ですから。部長や叶野の意見を聞いて、もう一度組み直してみて、それからでも彼らに参加してもらうのは遅くありません」

「なるほど、ではそうしよう」

桑名が鷹揚《おうよう》に頷き、内心ほっとした。動揺を悟《さと》られずに、できるだけ仕事に意識を傾けたい。身体に残る不埒な熱など、記憶の彼方《かなた》にやってしまえ。

――入江や初島のことは、なんとか意識の外に追い出せそうだけど……私の身体に深く挿《はい》ってきた部長や叶野、坂本たちまで忘れられるかと聞かれたら、迷う。彼らに触れられたのは一度や二度じゃない。ずっと前から何度も。なんだったら、この船の中でも手を出されて……そのたび感じてしまう。はしたなく乱れるのはいやなのに。

男なのだから、快感のポイントを的確に責められたらひとたまりもない。そう思うのだが、理性を総動員すれば、肌を甘く疼かせたり、敏感に勃起したりということも起こらないのではないか。

深く息を吸い込み、桐生はあらためて昂然《こうぜん》と顔を上げる。そうだ。自分の中にある理性をもう一度思い出したほうがいい。ただ漫然《まんぜん》と気持ちいいことに流されるだけでは、いつか桑名たちにも飽きられる。だったら、まずは質のいい仕事をする。そして、誘惑《ゆうわく》は毅然《きぜん》と突っぱねる。どうしてこの船に乗っているのか、もう一度しっかり考えることは、いまの自分には大切なことだ。もうすぐ三十になる大人の男なら本能《ほんのう》を制御《せいぎょ》し、細部まで配慮《はいりょ》した采配《さいはい》ができるはずだ。

それが、桐生の考える最高のビジネスマンだ。

10

「よし……こんな感じか」

翌日《よくじつ》は一日ジムやゴルフ場でいい汗をかき、アイデアを固めることに専念した。身体を動かすと、頭の中も柔軟《じゅうなん》に動く。次々に浮かんだ案をしっかり記憶して自室に戻り、ノートパソコンに向かって一気にまとめ上げた。

さまざまなクラスの人間が集《つど》う、船という閉ざされた空間の中で、もしも殺人事件が起きたらどうなるのか。すべてはフィクションで、誰しもが秘密を抱えるキャラクターを演じることで、事件の真相に近づくという芝居参加型のアイデアを練《ね》ってみたのだが、自分でもわりといい出来だと思う。よくある手法だが、皆、一度は謎《なぞ》めいた人物や、名探偵《めいたんてい》を演じてみたいものだ。もちろん、素人《しろうと》がチャレンジするのだから、演技《えんぎ》のクオリティには差が生じる。だが、かえってそこが真実味を表すのではないか。

これなら、年代、性別問わず、夢中になってくれるはずだ。簡潔《かんけつ》にまとめた草案を、桑名と叶野にメールで送信し、ノートパソコンを閉じた。彼らもきっと喜んでくれると意気込み、その夜はデッキに席がもうけられた地中海料理のレストランに足を運んだ。昨日、足を運んだ店とはまた違うシックな店内は、やはり名だたるインテリアコーディネーターが関わっているのだろう。

「課長、こっちこっち」

ひと足先に来ていた叶野が手を振っているテーブルへと近づき、「待ったか」と隣の席に腰を下ろす。

「いえ、俺もすこし前に来たばかりです。素敵な店ですね。ほら、夜空に星が浮かんでる」

叶野が指さすほうを見上げると、暗い空の向こうに星がちらほらとまたたいていた。船の明かりが派手なので、空いっぱいの輝きとまではいかないが、それでも東京の星空よりずっと存在感がある。

「この豪華客船を外から見たら、まるでシャンデリアみたいなんだろうな」

「ああ、そうかも。もし無人島に取り残された状態で、この船を目にしたら、手を振ることも忘れて腰を抜かしますよね。あまりに大きくて。俺がもし遭難《そうなん》したとしても、絶対、課長が一緒ですけど」

「バカなことばっかり言ってるんじゃない」

口ではそう言うが、叶野らしい言葉に頬がゆるむ。

愛されてるなとか、想われてるなとか、そういう甘ったるいことはちらりとも浮かばない。ただ、大切にされてるなとは思う。叶野にも、桑名にも。坂本は相変わらずわからないが。

四人で身体を重ねる夜をかぞえ出すときりがない。彼らもいつか飽きるはずだと思っていたが、いまだに熱っぽい視線を向けられる。

「……叶野は、恋人は作らないのか？　おまえならもっと可愛いひとが見つかるだろうに。どうして私なんかにしつこくつきまとうんだ」

桑名はまだ来ないようなので先に軽めのシャンパンを頼み、ふたりでグラスの縁を触れ合わせた。桐生の吐息混じりの言葉は、叶野をおもしろがらせたらしい。可笑しそうに横顔で笑い、足の長いグラスを揺らす。

がっしりした骨格の男だから無骨《ぶこつ》な指をしていると思い込んでいたが、近くでまじまじと見ると、意外と長い。はっきりした節《ふし》が思いのほかセクシャルで、彼に組み敷《し》かれる夜を思い起こさせる。この指が好き勝手に肌を擦《さす》り、探り、挿ってくるのだ。

「俺が好きなのは永遠に桐生課長だけですよ。綺麗なひとも、可愛いひとも、課長には勝てません。誰よりも凛々《りり》しくて、仕事熱心で、いつ見ても背筋《せすじ》がピンと伸びている桐生課長にずっと憧れてて、いまこうして一緒に仕事ができるようになったことがまだ夢みたいなんですよね。飽きるわけないじゃないですか。ますます好きになっていく一方ですよ」

からかわれているとは思えなかった。甘い言葉で罠《わな》にはめようとしているとも思えない。普段の叶野を振り返れば、この言葉も本物なのだろう。耳たぶがちりっと熱くなるが、動揺していることを悟《さと》られたくなくて、精一杯《せいいっぱい》平静を装ってシャンパンを呷《あお》った。

「それくらいにしておけ。歯が浮く」

「もっと言いたいのに。言わせてくださいよ。恋人にしてほしいって言ったのも本気なんですから」

ああだこうだと言い合っているところへ、「お待たせ」と声がかかった。スーツの襟《えり》を正しながら、桑名が颯爽《さっそう》と現れる。

「すまないね。部屋を出る直前に重要なメールが届いたんで返事を書いていたら、遅れてしまった。ふたりでなにか盛り上がってたようだね。どんな話題？」

「俺がどれだけ桐生課長を好きかってことを訴えてました」

「ああ、それなら僕だって負けてないんだが。桐生くんが時間をくれれば、呆《あき》れられるまで愛を囁《ささや》くよ」

「……もう、いいです。料理を注文しましょう」

微笑んではいるが、ふたりとも声色《こわいろ》が真剣だ。へたに取り合ったら大変なことになりそうだと感じて、慌ててウエイターを呼んだ。パリパリと香ばしいエビと玉ねぎのクスクスサラダに始まり、新鮮なイカとジャガイモのアヒージョ、ぷりっとした鱈《たら》のアクアパッツァと続いて、メインはエビとムール貝が綺麗に飾り付けられたパエリアに皆で大喜びし、食べる手が止まらなかった。

「『セレスティア・セブンシーズ号』に乗ってからずっと美味しいものばかり食べてますよね。俺、太りそう。船内のジムに行こうかな。プールで泳ぐのもいいし、せっかくだからピラティス体験もしてみたいです」

「ミニバスケも楽しめるし、テニスもできる。明日は朝から晴れるらしいから、デッキで海を眺《なが》めながらボールを打ち合うのもいいね」

叶野と桑名が頷き合い、「ね」とそろって相づちを求めてくるので、食後のコーヒーにひと匙《さじ》の砂糖を溶《と》かし込んでいた桐生は「はい」と返す。まだ入江たちの衝撃《しょうげき》を忘れきったわけではないので、できればプールは避《さ》けたい。

「バスケには縁《えん》がなかったので、一度試してみたいです。テニスは大学時代、同級生に誘われて夏の合宿に、坂本と一緒に参加したことがあります」

「へえ、それは初耳だ。坂本くんもきみも運動神経はいいから、きっと見応えあるプレーができたんじゃないかな？」

テーブルに肘《ひじ》を軽くつき、ゆったりとコーヒーを飲む上司に苦笑いした。

「だったら格好いいのですが、あいにくふたりともどうにも無様《ぶざま》で。放られる球をすべて打ち損《そこ》ねる始末で、合宿を半分過ぎたあたりで『帰っていい』と部長から言い渡されました」

「わ、なんかそんな課長、想像できないんですけど。学問もスポーツも優秀って感じですもん。苦手なものが課長にもあるんですね」

「私だってごく普通の人間だぞ。得手不得手《えてふえて》はある」

澄《す》ました顔で言うと、隣から叶野が身を乗り出してきた。

「課長が得意なことは仕事ですよね。で、苦手なのはテニスと、恋愛と、坂本さん。きらいなものはとくになくて、好きなものは――俺たちとのセックスとか？」

「おまえ……っ」

色気のある視線を向けられ、思わずコーヒーで噎《む》せるところだった。ぐっと喉の奥を締め、叶野の頭を小突く。正面で可笑しそうに肩を揺らしている桑名が、「こらこら。純情な桐生くんをあまりからかったらかわいそうだ」と仲裁《ちゅうさい》に入ってきた。

「誘惑はベッドの中で仕掛けないと。ね、桐生くん」

「知りません」

「ふふ、ま、深追いはしないでおこう。ところでメール、読んだよ。短時間でよくできたね。とても楽しそうなアイデアだ」

「この企画、俺も参加してみたいです。船内で起こる殺人事件に巻き込まれて、もし自分が犯人かと疑われたら必死に抵抗しますし、ほんとうに罪《つみ》を犯していたら……どういう態度取るかな。ほかのひとを妙《みょう》におもんぱかったら逆に怪しいか。でも、無関心を装《よそお》うのもやっぱり変だと思われますよね。どっちも楽しそう」

声を弾《はず》ませる叶野に、桑名も頬杖《ほおづえ》をつきながらコーヒーを飲む。

「これなら、時間を忘れてのめり込みそうだ。高級な船旅では、時計を見ないこと、とアドバイスされることが多い。陸にいる間は予定を詰め込みすぎたり、時間に追われたりするものだ。そういう焦《あせ》りをここでは感じない。極端《きょくたん》に言えば、自分が起きたいときに起きて、食事をして、どこかで遊ぶ。そのゆるやかな繰り返しでいいんだが、僕たちはどうしたっていろいろ考えてしまうね」

「ですね。その思考のループをいったん断ち切って、物語の中のキャラクターになりきってみせる。それって想像以上に楽しいことだと思います」

「わかった。早速《さっそく》、実行しよう。せっかくだから、この旅でもやってみよう。僕から船長に相談してみるから待っていてほしい。最終日の夜とかどうかな？」

「ぜひ。盛り上がりそうです」

アイデアを採用《さいよう》してもらえたことで声が上擦《うわず》る。嬉しさを隠せないまま食事を終えて、叶野たちと別れ、自室に戻る途中で「課長」と声をかけられた。ハッと振り向くと、思ったとおり入江と初島だ。

「ふたりとも——どうした」

声が震えそうだが、努めて持ちこたえた。夜も更《ふ》け、あたりには誰もいない。入江と初島は穏《おだ》やかに微笑んでいる。

「警戒《けいかい》させたら、すみません。ただ、この間の非礼を詫《わ》びたくて。よかったら一緒にお茶でもいかがですか」

「お茶……？　いや、いい。気持ちだけで十分だ。もう遅い。明日はまた忙しくなるから、ふたりとも、もう寝ろ」

「そこをぜひお願いできないでしょうか。俺たち、あのままじゃ課長に顔向けできません。若気《わかげ》の至《いた》りというには、いくらなんでもやりすぎました」

初島も肩を落とし、しょげている。その顔をじっと見つめたが、嘘はついていないようだ。

「どこでお茶を飲むんだ」

「課長を怖がらせないようにどこかのカフェで、と言いたいんですが、もうこんな時間ですから、お茶が飲めるような店はどこも開いてなくて。酒を呑める場所ならいろいろあるんですけど。バーは船内にいくつもあるようです」

「しかし……」

迷う。二対一で酒を呑んでもよいのかどうか。こっちは彼らに身体を触れられた身だ。そこだけを危惧《きぐ》するなら、桑名たちとどう違うのかと首を傾《かし》げるが、いや、やはり違う。

一方的に想いを寄せていた坂本に胸をいたぶられ、それをうっかり桑名と叶野に見られたことで、不思議な関係ができあがった。三人はそれぞれに桐生を想い、手を出してきた。確かに最初こそ気圧《けお》されたものの、絶対的な嫌悪感を抱かなかったのは、桐生も三者三様の魅力にこころを奪《うば》われていたからだ。

桑名は年上の男として信頼できるし、育ちも才覚も一流だ。叶野は若い男らしく素直で勢いがあって、思わず微笑んでしまうところがある。そして、坂本は——坂本は。

——そういえば、あいつはどこでどうしてるんだ?

同じ船室で過ごしているのに、なぜか彼の姿を見ていない。広い船内をふらふらし、カジノに入り浸《びた》っているのかもしれない。桐生も一度立ち寄ったが、あそこはギャンブル好きなら一日中いたいと思うような場所だ。

もともとカジノは閉ざされた空間で、どの店も窓はなく、時間を忘れてゲームに没頭《ぼっとう》できる造りになっている。客は朝も夜もなく賭《か》けに興じるのだ。イギリスが誇る豪華客船なら、リアルマネーを賭けさせるようなブラックカジノはない。しかし、だとしても、あの坂本は文句ないはずだ。なにせ、街中のゲームセンターにあるコインゲームにだって夢中になり、周囲が驚くほど大勝ちする男だ。

基本的なところでクズだ、坂本というのは。そんな彼にどうして惚《ほ》れ込んでいるのかと自問自答したら、男らしく整った顔に惹《ひ》かれたというその一点だ。我ながらどうかしている。もっと内面に目を向けたほうがいいと思うのに、野性《やせい》を隠すようなボストン眼鏡が似合うところも好きだ。

あれこれと考えていたら、入江たちが不思議そうな顔を向けてくる。

「おまえたち、坂本をどこかで見なかったか？」

「いえ、お会いしてません」

「どうかしました？　課長と一緒の部屋ですよね」

「そうなんだが……まあいい。なら、バーに行こう。フレッシュジュースくらいならある」

了承《りょうしょう》したふたりとともに船内奥に向かい、ダウンライトが美しく、ジャズピアノが流れてくる雰囲気のいいバーへと足を踏み入れた。ボックス席に案内され、グレープフルーツジュースを注文した。入江と初島はビールだ。

黒く艶のあるグランドピアノを弾《ひ》いている女性を眺めていると、「課長」と入江が運ばれてきたばかりのグラスを押し出してきた。

「はい、グレープフルーツジュース。冷たくて美味しそうです」

「そうだな。では、乾杯《かんぱい》」

「ありがとうございます」

「乾杯」

三人でグラスを掲げ、ストローに口をつける。搾《しぼ》りたての柑橘《かんきつ》がいい香りだ。独特の苦《にが》みを味わいながら、しゃれた音色《ねいろ》に身をゆだねた。ジャズといえば、あの三人と会うときによく聴く。桑名がジャズ好きで、古いレコードをたくさん持っているのだ。よく手入れされているプレーヤーに円盤《えんばん》を置いてそっと針《はり》を落とすと、嘘のように豊かな音が流れ出す。軽快《けいかい》なメロディよりも、夜にぴったりなスロージャズが桑名のお気に入りだ。彼のコレクションを聴かせてもらううちに、桐生たちもしだいにジャズに馴染《なじ》み、いまではすっかり虜《とりこ》だ。

「あのピアニストが弾いている曲、わかるか？」

「いえ、学がなくて。課長、ジャズはお好きなんですか」

口の端《はし》についたビールのクリーミーな泡《あわ》をぺろっと舌先で舐め取る初島が訊《たず》ねてくる。

「私も教えてもらったんだ。エロル・ガーナーの『ミスティ』という曲で、よく聴く」

「へえ……おしゃれだな。そもそもこういうバーに来ること自体すくないので勉強になります」

「俺たち、いつも居酒屋だもんな」

くすっと笑い合う入江と初島が肩をぶつけ合う様子に、不思議なほど平静でいられた。

——大丈夫。あれはいっときの気の迷いだったんだ。私に落ち度はなかったと思うが、彼らも頭に血が上ってたんだろう。

せっかく厳しい入社試験を勝ち上がってきたふたりだ。いたずらというには色気が過ぎるが、ここは大人として不問に処《しょ》してやる。冷静な顔でもう一度ストローに口をつけようとしたときだった。

背後から伸びてきた手に、さっとグラスを奪い取られ、啞然とした。

「な……坂本……！　おまえ、いつから……！」

「たったいまだ」

右手に持ったグラスをひらひらと揺らす坂本は。いままでどこでどうしていたのか。めずらしく黒シャツを着ているけれど、その襟元がすこしよれている。きっと、カジノでポーカーに熱中し、ゲーム中、ずっと襟元をいじくり回していたのだろう。

「桐生、おまえなあ……ちょっとは他人を疑え。昨日の今日だぞ」

「は？」

「若造、そこをどけ」

ひょいっと背の低いソファをまたいで、桐生の隣に腰を下ろす坂本に、入江たちも呆気に取られている。

「――坂本さん、どうなさったんですか」

「どうなさったもこうなさったもない。入江、おまえこのグレープフルーツジュース、自分で飲め」

「え……」

足の長いグラスを押しつけられた入江は、たちまち顔をこわばらせ、坂本を凝視《ぎょうし》している。

「いや、あの、課長の飲み物ですし、俺が口をつけるのは失礼ですよ」

「いいから飲め。全部飲み干《ほ》せ」

力尽《ちからず》くでグラスを持たされた入江の顔から血の気が引いていく。さすがに、桐生もピンとくるものがあった。眉《まゆ》を顰《ひそ》め、「……入江？」と見やると、新人がぴくんと肩を揺らす。

「ひょっとしておまえたち、この飲み物に――」

「やっと気づいたか。そうだよ。このあくどい新人組は、どうしてもおまえを抱きたいんだよ。だからグレープフルーツジュースに薬を――たぶん睡眠薬《すいみんやく》を仕込んだ。だろ、おふたりさん？」

楽しげな坂本の声に、初島がかすかにくちびるを開きながら腰を浮かせる。だが、入江がその腕をがっしりと摑んでうつむいた。

「やめとけ、初島。……坂本さんは騙《だま》せない。また張り飛ばされるぞ」

「おーおー、いきなり殊勝《しゅしょう》になっちゃって。立て続けに桐生を罠にはめようとしたのは、俺でも見過ごせないな。どうする、桐生。ここできついお仕置きをしとかないと、こいつら、また似たことをしでかすぞ。三度目が起きたら、いったいどうなることか」

「ここまで来たら、檻《おり》に閉じ込めて、恥ずかしい格好させて、散々《さんざん》泣いたら写真を撮る。で、楽しむ」

「相変わらず最低だ、坂本は。どうせ写真をばらまくとか脅《おど》すんだろう」

「とんでもない。俺だけの秘密にするさ。せっかく手に入れたんだ。可愛がって可愛がってこねくり回して、もう二度と俺の手の中から逃げ出そうなんて思わないようにする」

聞きようによっては狂《くる》おしい感情をかき立てる言葉だが、ニヤニヤと笑う顔はどうも誠実《せいじつ》さが欠《か》けている。

ふんと鼻を鳴らし、桐生は腕を組んで新人を睨《にら》み据《す》えた。

「二度あることは三度あると言うが、おまえたちがそうだとは思いたくない」

「桐生課長……！」

おののいてた入江がぱっと顔を上げ、感動をあらわにする。自分でも甘いなと思うが、まだ若い彼らは改悛《かいしゅん》の余地がきっとある。

「いいのか、そんな甘っちょろいこと言って。こいつら、またいずれ同じことをしでかすぞ」

「そうならないよう厳しく叱るから。坂本は黙ってろ。彼らは私の部下だ」

「ふぅん……まあいいけどな」

入江たちを鋭い視線で一瞥《いちべつ》した坂本は、「とにかく、この場は解散だ」と立ち上がる。

「帰るぞ、桐生」

「だが、私はこれから入江たちに説教を」

「それは陸に下りてからでいいだろ。さっき叶野に聞いたんだが、おまえら、最終日になにか楽しいことをやる予定なんだってな。もう時間がないんだから、さっさと部屋に帰って寝ろ。身体が保《も》たない」

坂本にしては、めずらしくまっとうな台詞《せりふ》に、目を丸くしてしまった。同じ言葉を桑名や叶野が口にするなら、なにも疑わずに「そうだな」と返せるのだが、坂本だといちいち裏を読みたくなる。こういうとき、普段の行いがいかがわしいと損だ。しかし、彼の言うことにも一理あると思い直し、席を立った。

「最終日のイベントは、入江と初島にも手伝ってほしいんだ。今夜は許すが、ふたりとも、しっかり反省しろ。私以外の者に同じことをしていたら、即《そく》通報されるぞ」

「……おまえも通報しろよ」

隣で坂本が深々とため息をついていた。

11

「あー、ったく、こっちが肝《きも》を冷やすんだっつうの」

部屋に戻ると、坂本が呆れた声を上げながら、どさりとソファに腰を下ろした。

「船っていう閉ざされた空間ならヤバい目に遭《あ》わないと思ったのに、桐生、おまえのフェロモンはどうなってんだ。新人のふたり、ずっと目が潤《うる》んでたぞ」

「バカ言うな。いきなり現れた坂本に萎縮《いしゅく》してたんだろう。ビール呑むか」

「呑む」

備え付けの冷蔵庫から冷えた缶《かん》ビールを取り出し、坂本に手渡す。桐生もプルタブを開けながら隣に腰かけ、かすかに聞こえる波音に耳を澄ませた。

自分でも無意識のうちに深く息を吐いていたのだろう。坂本がくすりと笑いながら、手を伸ばしてきた。

「ま、今夜のところは、おまえを褒めなきゃな。偉《えら》い偉《えら》い」

髪をくしゃくしゃとかき回されて、妙に恥ずかしい。「やめろ」と言ったものの、突っぱねることはしなかった。十年という月日を坂本とともに過ごしてきたが、ちゃんと一緒に旅をするのは初めてではないか。そう口にすると、「だよな」と彼も頷き、ビールが入った缶を、ちゃぷん

と揺らす。

「前に皆でキャンプをしたことがあったけど、あれは旅行のうちに入んないしなあ。俺も船旅ってのは初めてだけど」

「いまさらだが、船酔《ふなよ》いはしなかったか？」

「ぜんぜん。この調子なら世界一周もできるな。世界は広い。海外にはいろんなアダルトグッズがあって、ネットではよく見てるが、やっぱじかにチェックしたいんだよな。大きさも感触も、実際に確かめないとわかんないだろ。身体に触れるものだし……」

言いながら機嫌よさそうに坂本はビールを呑み、髪をまさぐってくる。しだいに、長い指が地肌をくすぐるやさしさにゾクゾクしてきた。彼のほうはなんでもないことだろうが、こっちは不毛な恋をしている立場だ。

過去、何度か想いが通じ合ったのではないかと感じる場面があった。だが、結局は坂本である。なんだかんだ言って桐生のことを実験台にして、あらゆるラブグッズを開発し、大金を手にしてはせっせとパチスロや競馬で溶かす奴だ。

そんな男を好きでい続けても未来はない――と醒《さ》めたことを考えたが、未来ってなんなんだとも思う。

そもそも、不安定な毎日を、ひょうひょうと生きる坂本のような男を好きになった瞬間から、自分は、安定した未来というものを望んでいなかった気がする。もっと言えば、坂本に寄りかかるつもりはみじんもなく、自分の生活は自分でどうにかするという思考回路《しこうかいろ》で、いままでやってきた。マンションの家賃も生活費も、将来を見据えた貯金も、すべて自分でなんとかする。だけど、ひとりで頑張っても、どうにもならないのが恋と性だ。桐生にはないものを坂本はたくさん持っている。誰にも縛《しば》られることなく自由に生きる術《すべ》を持ち、叶野や桑名という まったく違う魅力を持つ男たちに出会っても揺るがない。自信過剰《じしんかじょう》で、ふてぶてしい男だからこそ好きになり、部屋に押しかけられても追い出さず、長年同居してきたのだ。

――もしこの先、同居を解消する日が来たら、こいつはさっさと荷物をまとめて、あの部屋を出ていくんだろう。どれだけ私がおまえを好きか、知らないまま。

一度も振り返らない背中を想像したら、なんだか胸の奥が締め付けられる。せつないなんて思っても、厚かましい坂本には通用しないのに。

髪をかき回す手が、ぴたりと止まり、するするとうなじに落ちていく。すこしうつむいていたこともあって、シャツから剝き出しになっていたそこを、そうっと撫でられ、思わず身体を甘く震わせた。

「桐生」

「な……なんだ」

低く、理性に満ちた艶のある声も、肌を這う硬い爪《つめ》の感触も、全部全部好きだ。好きだ。心臓が痛いぐらいに高鳴り、いまにも彼に伝わりそうで怖い。こんなに長く一緒にいるのに、いまさらドキドキするのかと嗤《わら》われたら、絶対に立ち直れない。

じっと床に視線を落としていると、ふいに坂本が顔をのぞき込んできた。

「寝るか」

「…………っ…………」

目の前で坂本が微笑んでいることが信じられない。こんなにもやさしく笑えたのか。

「さかも、と」

「せっかく世界一の豪華客船に乗ってるんだしな。ひとつぐらい、とっておきの想い出を作っておこうぜ」

「……想い出って……」

なにを言われているのかわからなくて惑うばかりの桐生を立たせ、ちょんちょんと肩をつついてくる坂本は、数歩歩いたところにあるベッドに近づくなり、全身で覆《おお》いかぶさってきた。

「……っおい、坂本！　なにをする！　お、おまえ、いきなり」

「おまえはただ感じろ」

まっとうな男みたいな台詞を真顔で吐く坂本の顔を、まじまじと見つめているうちに、ワイシャツの前をはだけられた。すうっと硬い鎖骨《さこつ》の溝《みぞ》をなぞる指先に息を呑み、なんとか声を抑《おさ》えるけれど、じわりと目が潤《うる》んでしまう。

早々に頬が赤らむのを感じて慌ててそっぽを向くと、「だめだ、こっちを見るんだ」と顎をきつく摑まれてしまう。

「いやだ……っ……み、見るな」

「おまえが恥ずかしがる顔って何度見てもいいよな。会社じゃ誰からも尊敬されるエリートなのに、俺に触られると、すぐにぐずぐずになる。そういう顔をわんこの叶野と桑名さんもよく見てるんだろうな」

不思議な感情を忍《しの》ばせた声が気にかかる。しっとりと汗ばんでいく肌を擦り立てる指に、気もそぞろだが、どうしても確かめておきたいことがある。

「もしかして……おまえ……妬《や》いてるのか？」

鼻先で微笑む無精髭の男に見入った。癖《くせ》のある髪をいつだって整えてやりたかった。ボストン眼鏡の縁に指を引っかけて外してやったら、どんな顔をするだろう。その逞しい肢体から服を剥いでやったら、坂本はどうするのだろう。

「だったらどうする」

「っぁ……ん……！」

いたずらっぽい声とともに、唐突《とうとつ》に乳首の根元を、きゅうっとひねられ、自分でもどうかと思うほどのせつなげな声がほとばしった。こんな声、一度も出したことがない。羞恥心《しゅうちしん》がこみ上げてきて身をよじったが、鋼《はがね》のように逞しい肢体に押さえつけられてしまう。いまさらながらに、坂本という男は、顔と頭がいいだけではなく、それに見合う筋力も備えているのだと知って、じわりと頭の底が痺《しび》れる。

——私を抱いているのは、私と同じ男だ。

あらためてそんなことを思う。これまでに何度、坂本たちに抱かれてきたか覚えていないが、いつだって同性の手の中にいることは実感していた。もちろん、嬉しさよりも屈辱《くつじょく》のほうが勝っていたはずだ。坂本も、叶野も桑名も、全力を出せば互角《ごかく》に張り合える。初めて肌に触れられたときは本気で抗《あらが》った。しかし、どうしても突き放せなかったのは、自分が敏感すぎるということではない。もちろん、生まれつき淫らということでもない。ただただ、坂本たちの愛撫が巧《たく》みだからだ。

——その腕に何人の男と女が抱かれてきたんだ。

尖りの根元を親指でせり上げられて、人差し指の腹ですりすりと擦られるこころよさに、身体の芯が熱くなる。またたく間に裸にされていく恥ずかしさは当然あったが、坂本だって剝き出しの手で触れてくるのだと思うと、よけいに昂《たかぶ》る。肌と肌で感じ合い、追い詰められていくなら本望かもしれない。

「桐生の乳首は、ほんとうに弄りやすくなったよなぁ。もう、こりっこりだ。シャツを着ているときはちいさい粒《つぶ》なのに、なんで俺にちょっと触られただけで大きくするんだよ」

「言う、な……それ以上は……」

「だったらなにを言われたい？　おまえはどんな言葉を聞きたいんだ」

耳たぶを甘く食《は》まれながら囁かれて、理性は脆《もろ》く崩《くず》れていく。砂《すな》で作る城だってこんなに簡単には崩れない。内腿《うちもも》をもじもじと擦り合わせ、必死に言葉を探した。身体のどこで、坂本を感じたいのか。くちびるか、胸か、それとも。考えれば考えるほど頭の中が真っ白になり、露骨《ろこつ》なことを口走りそうで怖い。

「ほら、言ってみろよ桐生。俺になんて囁かれたいんだ？」

こころをすべて持っていくような声で囁かないでほしい。もうすこし理性があったら、羞恥のあまり、坂本を殴っているところだ。だが、いまはなにも考えられない。

「……っ私、を……」

「うん？」

「私を……私の、ことを……どう……想って……ッ……ぁ……あぁ……っだめだ、そこ……！」

最後まで言い終えないうちに、スラックスと下着をずり下ろされ、とうに硬く引き締まっていた肉茎がぶるりと跳ね出たとたん、長い指が絡《から》みついてきた。

「あっ、あっ、やめ、っ、バカ、引っかいたら、イく、イく……っ」

「たっぷり出せ。いまのおまえは俺の――」

「う……ん……んっ……あぁ……――ッ！」

ちろっと鼻先を舐めてくる舌の温かさに、思わず腰が大きく跳《は》ねた。そのまま多量の白濁《はくだく》が勢いよく、びゅくびゅくととび出し、死にたくなるほど恥ずかしくて、息が止まるほどに気持ちいい。いやだいやだとあれだけ口では言っても、身体はこんなに正直だ。

「偉い偉い、ちゃんとイけたな。感じやすいおまえは最高だ」

「ん、う、っ、う、あ、もう、もうそれ以上、触るな、イってる……まだイってるんだ……」

「いいから、いいから」

坂本の広い胸を両手で突っぱねながら、アキレス腱《けん》が攣《つ》りそうなほど両膝を深く胸のほうまで折り曲げ、桐生は声を蕩《とろ》けさせながら射精を続けた。自分がどれだけ奔放《ほんぽう》な姿を晒しているか、気づかずに。

「そんな桐生にご褒美だ」

「ん――んっ……!」

くるりと身体をひっくり返され、ベッドに四つん這いになった。腰を高く掲げ、無防備な丸い尻の狭間に温かい指がすべり込んでくる。とろーっと内腿を伝い落ちるのは、ローションだろう。こんなところまで持ってきたのかと、ため息をつきたくなるが、身体を気遣ってくれるのはありがたい。いきなり繋がれるほど、慣れていないのだ。

時間をかけてほぐされ、肉襞がしっとりと潤《うるお》うほどに、じゅくじゅくと指でかき回されて、懸命に声を殺した。坂本には「もっと声を出せ」とそそのかされたが、あられもなく喘《あえ》ぐ淫乱ではない。どこまでいっても矜持《きょうじ》が捨てられないというのは、結果的に自我を保つことにも繋がるが、一線を越えてしまったら、どんなに楽だろうと悩ましくもある。

――もし、坂本たちが煽るように、はしたなくよがることができたら、彼らはもっと私に夢中になるんだろうか。自分で自分を嫌いになりそうだが……してみたい気も、する。

あれこれと考えている間に指は、隘路《あいろ》をくぱくぱと広げてきた。

「いい感じに蕩けてきた。そろそろ頃合いだな」

「あ……っ……うん……っ……」

長い長い間、待ち望んでいたものが来る。とうとう、坂本がこの身体に挿ってくるのだ。なにも着けずに、直接、彼自身が挿ってくるのだ。それを確かめる術《すべ》はないが、自信があった。

「さか、もと……！」

息を深く吸い込み、ふかふかの枕《まくら》に顔を押しつけたときだ。ぐうっとねじ込まれる力強い芯に、涙混じりの目を瞠った。

「これ……、おい、坂本」

「なんだ」

笑い交じりの男を肩越しに強く睨みつけた。はねのけようとしても、分厚い胸板を押しつけられて、身じろぎもできないのが悔しくて仕方ない。

「……おまえ……っ、なんだ、これ……！」

温かいものが身体の真ん中を犯してくる。太くて、硬くて、温かい――熱いのではない。叶野や桑名たちに繰り返し貫《つらぬ》かれているからよく知っている。いま、感じているのは血の通った坂本ではない。

「おまえ、もしかしてこれ……っ……おもちゃ、か……！」

「ご名答。俺の最新作で、『超ゴージャス☆ウルトラリッチ極太天国棒バージョン９』のレビューをおまえの身体でしてくれ。あのなあ桐生、俺はおまえに突っ込まないって言っただろ？」

「……ッ……！　……ん……っ！　ンぅ……っ……！」

死ね、おまえはいっぺん海で溺《おぼ》れて死んでこい。期待ばかりさせて、好き勝手ばかりして、挙《あ》げ句《く》におもちゃでイかせようとはどういう魂胆《こんたん》か。

ずぶずぶと甘肉を抉って擦り立ててくる坂本特製のディルドに、つたなく腰を振りながら、桐生は胸の裡《うち》で呪《のろ》うだけだ。快感の波に呑み込まれて、できることなら理性をかなぐり捨て喘いでしまいたいくらいにいい。やはり、坂本はこの身体のいちばんいいところを知っていると認めるのだってていやだ。

こんなバカ、船窓から海に叩き落としてやりたい。長年の恋煩《こいわずら》いも嘘のように消え失せる。いっときつき合うだけで人生の大きな損失だ。

――ほんとうに、そんなふうに思えたらいいのに。

歯噛みしながら、桐生は喉を反《そ》らし、身体を揺らめかせた。

12

「どうしたんですか課長、ずっと機嫌《きげん》悪いみたいですけど」

顔色を窺《うかが》ってくる叶野に内心慌て、「なんでもない」と姿勢を正した。気を抜くと、坂本の蛮《ばん》行《こう》を思い出しては、むっとしてしまう。早いもので、豪華客船の旅も今日で終わりだ。明日には横浜に戻り、その場で散会となる予定だ。途中、何度か寄港してタラップを下り、各地の風景を楽しんだはずなのだが、いかんせん船旅の終盤《しゅうばん》で起きた不埒《ふらち》な出来事のほうが色濃く記憶に残っていた。どうしてこうなったのか。いまさら悔《く》いても詮無《せんな》いのだが、どうしたってため息をついてしまう。

最後の夜は大広間を使い、桐生提案のミステリーナイトが開催《かいさい》された。急遽《きゅうきょ》行われたイベントにもかかわらず、多くの乗客が参加してくれたうえに、反応も上々で、確かな手応えを感じる。

「大成功だね。おめでとう、桐生くん。船を下りたらみんなでお祝いしよう」

「ありがとうございます」

華やかな暮らしを享受《きょうじゅ》してきた富豪《ふごう》が、何者かに船の中で無残《むざん》に殺されるという一大事件に乗客全員が乗り出し、さまざまな手がかりを集めて、犯人を追い詰めるというシナリオも、桐生が描《えが》いたものだが、ひとりひとりの細かな台詞までは決めていない。それぞれの客が頭をひねって熱演《ねつえん》しただけあって、架空《かくう》の殺人事件は想像以上に盛り上がった。

「アガサ・クリスティらしさも感じられて、ミステリー好きとしては嬉しいよ」

解決編の会場となった大広間の片隅《かたすみ》で、ワイングラスを手にした桑名が軽く肩をぶつけてくる。その顔は嬉しそうだ。

「さすが桐生課長ですね。俺もこの企画のアウトラインは、お手伝いさせていただきましたが、土台はもちろん、限られた時間の中で、洗練された企画に仕立て上げられたのは、やっぱり課長だからですよ」

桑名の隣に立つ叶野の顔も輝いている。体調はすっかりよくなったようだ。

「船長も大喜びだ。このミステリーツアーを組み込んだクルーズプランを作ってみようか。責任者はきみでいいかな？」

「喜んでお受けいたします。精一杯、務めさせていただきます」

まこと優等生な返答に、桑名は目を細める。大がかりな舞台が、はねたあとのように大広間は賑《にぎ》わい、そこかしこでグラスの触れる音が響く。満足感に浸《ひた》りながらその光景を見つめていたが、自然と眉が曇《くも》るのは、背後からのしかかるような気配が伝わるからだ。

「あの……部長、これは……」

「気にしないでくれ。ちょっとしたお仕置きだよ」

澄ました顔の桑名に嘆息《たんそく》し、そろそろと肩越しに様子を窺う。生真面目《きまじめ》な表情の入江と初島が、後ろ手を組んで立っていた。まるで優秀なガードマンかＳＰのようだ。ふたりとも、船内で催《もよお》されるパーティ用に持ってきたブラックスーツを身に着け、緊張した面持《おもも》ちだ。それもそのはずで、ときおり、ちらっと桑名が視線を投げるからだ。そのまなざしは、けっして厳しいものではなく、かといって嘲《あざけ》るものでもない。上司らしく、かすかな慈愛《じあい》を滲ませながらも、けっして油断ならない感情が、桑名の品のある目元に浮かんでいる。

「ふたりとも、すこしおいたが過ぎたようだからね。この企画が無事に終わるまでは僕たちが目を離さない。監督《かんとく》不行き届きだったことは深く謝るよ。彼らのことは僕に任せてほしい」

「なにかなさるおつもりですか。私のことでしたら、もう終わったことですし……」

「甘いですよ、課長。坂本さんからぜんぶ聞きましたよ。こいつら、さすがに調子に乗りすぎです。いくら課長が親切だからといって、やっていいことと悪いことがあるでしょう。温厚《おんこう》な俺だって怒りますよ」

めずらしく抑えた声音の叶野が、すいっと狙《ねら》い澄ますような視線を投げかけると、初島の頬がわずかに引きつる。同じ体育会系、通じるものがあるようだ。

「まあまあ、叶野くん。そう睨んだら次代を担《にな》う者が萎縮《いしゅく》してしまう。知恵ある僕らとしては、まだ若い彼らをリードしていく役目があるんだよ。桐生くんもそう思うだろう？」

「ええ、……まあ」

諸手《もろて》を挙《あ》げて、そうですねと言えないのは、桑名も叶野も悪いことを考えている顔だからだ。絶対にろくなことを考えていない。そう言うと、叶野は頬をふくらませ、桑名は苦笑している。

「もう、変なことはしませんよ。いまはなにかと気を遣う時代です。入江くんたちを俺らがどうにかするわけがないじゃないですか」

「そのとおりだ」

にこにこする叶野に、桑名も絶妙《ぜつみょう》なタイミングで相づちを打つのはやめてほしい。ふたりが機嫌よくなればなるほど、怪《あや》しさが増すばかりだ。

「誓《ちか》って、入江くんと初島くんには手を出しません。ね、部長」

「そうだね。叶野くんの言うとおりだ。——ああ、坂本くん」

桑名の声に、はっと振り返ると、黒シャツ姿の坂本が歩み寄ってくるところだった。ぴたりと張り付くような形のいいスラックスは、長い足を引き立たせ、普段の無精が嘘のように、坂本をスマートに見せる。悔しいが、気を許すと見蕩《みと》れてしまいそうだ。

「準備できたか」

「ええ、もういつでも」

頷いた叶野に、新人たちがひくひくと目元を震わせる。

「あの、……あの、俺ら、どうなる、んですか……」

この先の展開を聞かされていないらしい初島が、声を上擦らせる。入江も端整《たんせい》な顔を青ざめさせていた。

「どうなったら俺が満足すると思う?」

坂本はシャツの胸ポケットに押し込んでいた煙草《たばこ》のパッケージを取り出し、口の端に一本咥《くわ》えた。銀色の頑丈《がんじょう》なライターの蓋《ふた》を、ぱちん、ぱちんと開けたり閉めたりする音がやけに耳に響く。

同居を始めて三年目の坂本の誕生日に、桐生が贈《おく》ったライターだ。それなりに値が張る代物だが、そろそろ新しいものに替えてもいいんじゃないかと、たまに言うことがある。そのたび、坂本は平然とした顔で、『もうとっくに馴染んでるから手放せないんだよ』と、ライターの表面についた細かな傷を指でなぞっていた。あのときの台詞がいまになってやけに鮮《あざ》やかによみがえり、桐生を惑わせる。坂本に誠実さを求めてもムダだとわかっているのだが。

「おまえ、まだそれを持ってるのか。金がないなら、また新しいライターを買ってやる」

せっかくいいシャツとスラックスを身にまとっているのだから、小物にも気を配ったほうがいい。こころからのアドバイスだったのだが、坂本は呆れたような顔をしたあと、肩をすくめ、「鈍感《どんかん》」とだけ言う。

「なんだ、鈍感って。それよりもっといいライターを買えということか?」

「……おまえ、ほんと、どっか抜けてるよな。ま、そういうとこもおもしろいが」

口の端に咥えた煙草をぶらぶらと揺らし、坂本は気を取り直したように、入江たちに向かって顎をしゃくる。

「入江慎一《いりえしんいち》、初島光《はつしまひかり》。ちょっとツラ貸せ」

「……はい?」

「たいした用事じゃない。おまえらに会わせたい奴がいるんだ。そいつと話せば、先の見方が変わる」

「……え……」

「お、おい、坂本」

なにをする気だ、誰と会わせる気だと問い詰める前に、やわらかに肩を掴まれて思わず飛び上がった。

「こんばんは、皆さん。久しぶりにお会いできて光栄《こうえい》です」

にこやかな声には覚えがある。ありすぎる。隣に立つきらびやかな男に唖然とし、目を瞠った。

「守《まもる》さん……！」

「私の名前を覚えていてくださったんですね。嬉しいです」

シャンデリアのきらめきを弾くアッシュブロンドの髪をハーフアップにし、光沢のあるブラックスーツをスタイリッシュにまとう男は、夜遊び好きなら誰もが知る、ＳＭクラブのプレイヤーだ。六本木の雑居ビルにあるその店は、桑名に連れていってもらったことがある。ごくごく真面目に生きてきた桐生には、想像もしない世界が毎夜繰り広げられる店で、もっとも人気のあるショウを手がけるのが、この守だ。

むろん、ショウといっても、生《なま》やさしいものではない。靴下《くつした》しか穿《は》くことを許されない客の男を、言葉とパドルで徹底的にいたぶる守の壮絶《そうぜつ》な色気に声を失ったものだ。

あれ以来、ちょっとした縁が生まれ、ときどき守からスマートフォンにメッセージが飛んでくる。内容は他愛ないことが多い。『最近お天気がいいですね』とか、『お忙しそうですが、ちゃんと寝てますか』とか。ほのぼのとしたメッセージにうっかり彼の仕事がなんなのかを忘れそうになる頃、不意を突かれて、クラブで守にいたぶられたときの写真が送られてきて、かっと身体中を熱くするのだ。ただ者ではない男が、いったいなんの用でここにいるのだろう。いや、それよりも気になることがある。

「守さん、どうしてここに。最初から船に乗っていたんですか？」

「ええ、桑名さんのご招待で。このような豪華客船でのエンターテインメントとして、多少きわどいものがあってもよいのではないかと思って、私も喜んでお受けいたしました」

「じゃあ、あのクラブでしていたようなことを、ここでも……？　誰にも気づかれずに？」

「もちろんです。私は秘密を守ることに関しては才能がありますから。桐生さんたちが気にも留めないような場所で、夜な夜な奴隷志願《どれいしがん》を躾《しつ》けていましたよ。お金に困らず、暇を持て余している方は刺激に飢《う》えてますからね。おかげさまで大好評《だいこうひょう》でした」

晴れ晴れとした顔の守に、思わず肩を落とした。

——私の周りには、まともな人間がひとりもいないのか。そうそうたる面子《めんつ》がそろっているのに、どいつもこいつも。

「あまり時間もない。守、入江と初島を頼めるか」

坂本が親指をぐいっと立て、新人たちを指す。

「かしこまりました。さあ、私と一緒に行きましょう」

「ど、どこへ……」

優雅《ゆうが》すぎる守のいざないに、入江たちがあとじさった。その気持ちはよくわかるが、坂本が片手で阻《はば》んでくる。

「そう無体《むたい》なことはしない。道理《どうり》ってものをこいつらに教えたいだけだ」

「道理ってなんだ」

「他人の男にちょっかいを出したらどうなるか、うぶな桐生だってわかるだろ？」

器用に片目をつむる坂本に、胸がどきりとなる。

――他人の、男。

確かにそう言った。素《そ》っ気《け》ないことばかり言い、惑わせることばかりする坂本も、長いつき合いのなかで想いを積み上げてくれたのか。

年甲斐《としがい》もなく胸をときめかせる桐生に、坂本は可笑しそうにくちびるをほころばせた。

「おまえはとっくに、桑名さんとわんこのものだってことを知らしめないと」

一瞬でも期待した自分がバカだった。掛け値なしのクズを好きになったって、明るい未来はない。

「入江さん、初島さん、いらっしゃい。私が新しい世界を教えてあげます」

微笑んでいるが、有無をも言わさない迫力を滲ませる守が、入江と初島を引っ立てていく。その背中を視線で力なく追い、「いったい、彼らはなにをされるんだ」と呟くと、坂本は「知りたいか？」と問うてくる。

「地下のとある一室で、守がじっくりと男の味を入江たちに教え込む」

「男の味……」

「俺の予想では、体育会系で直情型、神経《しんけい》が一本しかないような初島は男を喰《く》う側になる。知性があって、おのれを律している入江は男に抱かれて、乱れよがる身体になる。あの綺麗な入江が啜《すす》り泣いて男をほしがるところを想像してみろ。桐生だって疼くだろ」

「……バカか！　守さんが本気になったらどうなるか」

「だな。でも、桐生に半端《はんぱ》に手を出すのが悪いっていうのが、桑名さんとわんこの総意だ。ま、俺もやぶさかじゃない。あいつらのことは守に任せておけ。桐生が心配するようなことはなにも起こらない。ただ、ふたりともちょっとだけ色っぽくなる」

「それはともかく、いまはきみのことだよ桐生くん。この船に乗ってから大変だっただろう。叶野くんに燃えさせられることは想像していたが、まさか入江くんと初島くんが踏み込んでくるとは思っていなかったよ。新人とはいえ、彼らを甘く見ていた僕の怠慢《たいまん》を許してほしい。そのお詫びと、今夜の企画が成功したことへのお礼がしたいんだ。部屋に来てくれるかな」

桑名に手を取られ、引くに引けない。期待を宿した目つきの叶野が、すっと近寄ってきて、耳元で囁いた。

「課長の身体から、入江くんたちの痕跡《こんせき》を追い出さなきゃ。俺にできることはなんでもします。どんなわがままでも言ってください。熱いキスで入江くんたちを忘れさせてほしいとか、強く抱き締めてほしいとか。キスをたくさん贈《おく》って、あいつらを消します」

昔の歌謡曲《かようきょく》かと呆れていると、さらに熱っぽい声が続く。

「ワイシャツの上から、乳首を指でカリカリ引っかいてほしいとか、我慢できなくなっちゃった頃にボタンを途中まで外して、おっぱいだけはみ出させて、ちゅうちゅう吸ってほしいとか、それでも足りないなら、立ったままでうしろからいっぱい突いてほしいとか。いや、感じやすいアレを、俺の口の中できつく締め上げてほしいとか？」

「……叶野！」

「へへ」

相変わらずな叶野の頭を小突いたが、へこんだ様子はまるでない。それどころか桐生の肘《ひじ》を摑んできて、「俺たちも行きましょ」とうながしてくる。

「課長を愛したい。今度は最後まで。もし、課長にその気がなかったら、いまここでだめだって言ってください。『調子に乗るな。おまえたちなんか大きらいだ』って言ってくれたら、潔《いさぎよ》く身を引きますから。ね、部長」

「ああ、叶野くんの言うとおりだ。僕たちはきみをこころから愛して、求めている。でも、意に染《そ》まぬことはしたくないんだ。ね、坂本くん」

話を振られた坂本は叶野と桑名を交互に見て、「まあな」と肩をすくめ、にやりと笑う。

「皆に振り回されたおまえを徹底的にイかせるのも、俺の役目のひとつだろうな。――来い、桐生。天国を見せてやる」

悪辣《あくらつ》な微笑みに魅入《みい》られるように、桐生はふらりと一歩踏み出した。

13

「ン、ッあ、ん、かのう……っいきなり……っ！」

声が高く跳ね飛んでも、外部に漏れる心配はない。桑名が宿泊する豪奢なスイートルームに連れてこられた桐生は、叶野に手を摑まれ、いい香りのするサニタリールームに足を踏み入れるなり、がばっと背中から抱きつかれた。

「もー……これ以上、課長をお預けされたら、俺、暴れます。ずっとこんなふうに綺麗なうなじにキスしたかったんだから」

ちゅ、ちゅ、と甘いキスを剝き出しのうなじに落とされ、じわじわと肌が火照《ほて》り出す。いつだって握った手綱《たづな》を引きちぎるほどの勢いがある叶野だが、その愛情深さは本物だ。出会ったときからまっすぐにぶつかってきて、欲情のかぎりをぶつけてくる。まだ若いから盲目的《もうもくてき》になっているのだと思うことも、たまにあるが、いまこの場で叶野自身が、それは違うと全身で訴えてくる。

清潔《せいけつ》な白い洗面台に押しつけられた桐生は、全面鏡《かがみ》張りの壁に両手をつき、息を切らしていた。

朱に染まる目元、せつなげに開いたくちびる。どれもこれも欲情しかけた男の兆候《ちょうこう》だ。いくら自分がぎゅっとまぶたを閉じても、背中から覆いかぶさる男には、ぜんぶ見られているのだと思うと羞恥で逃げ出したくなる。

「逃げない、から……そんなに……」

抱き締めるなと言いかけたが、さらにきつく羽交《はが》い締めにされて甘やかな吐息をついた。毎日、家では筋トレをしているという叶野に比べたら、いささか細身ではあるものの、桐生とて触れたら折《お》れるような華奢《きゃしゃ》な男ではない。年々、色香が増す桑名も、週に二回はかならず会員制プールに通って泳いでいると言っていた。坂本はおもちゃ開発に行き詰まると、どこかにふらっと散歩に行く。そういう男たちに囲まれていたら、自分だってしっかりとした身体でいたい。

最近、会社帰りにジムに通っている。ランニングマシンを使ったり、ベンチプレスに挑戦《ちょうせん》したりしているうちに楽しくなり、そのうち、パーソナルトレーナーにも付いてもらおうと考えていた。

「いい匂《にお》い……めちゃめちゃ癒《い》やしですよ課長は。このトワレ、いいですね。品のある華やかさで、すこしだけスパイシー。課長にぴったりです。俺も同じ香り使おうかな」

「……おまえには、もっと……爽《さわ》やかな香りが似合う。今度、選んでやる」

「ほんとですか？」

嬉しそうに脇から顔をのぞき込んでくる叶野が、「じゃ、先にお礼しちゃお」と言って、桐生の顎をつまみ、斜め横から舌先で、ちろっとくちびるをなぞる。

「んぅ……っぁ……」

ちろ、ちろ、とくちびるのラインを丁寧《ていねい》に舐《な》められながら、しだいに男の手が胸元へと下りていくのを感じていた。ジャケットを割り開き、ネクタイの先は肩へと落とす。ワイシャツのボタンを上からゆっくりと外していく叶野の手が、まるで胸全体を支えるかのように、下から両手で包み込んでせり上げてきた。

「あ……あぁ……っバカ……なにして……っ」

どん、と鏡を拳で叩いた。その勢いで身体が前のめりになり、胸を突き出すような格好になってしまう。

「課長、ほら見て。課長のおっぱいが、むっちりしているのがバレバレです。こんなスケベ乳首、どうやって毎日隠してるのかな。そもそもアンダーシャツを着てもバレバレなんだから意味ないし」

「それは、おまえが……しつこくっ……弄る、せいだ……！」

「弄らないでいられる男がいたら、お目にかかりたいです。ぷるって先っぽが震える乳首、噛んだら気持ちよさそう。噛んでほしい？」

「んっ、ン――く……っ……う……」

囁かれるあいだも親指と人差し指でコリコリと肉芽を捏ねられて、膝ががくがくする。いまにも崩れ落ちそうな腰を支えるために、懸命に洗面台の縁を掴み、乱れた前髪の合間から自分の顔を鏡の中に見た。泣き出す寸前《すんぜん》の目元は潤み、鼻先もすこし赤い。濡れた舌先がのぞくくちびるが、やけに艶めかしい。怖いくらいに煽られている自分を愚《おろ》かしく思うが、ねちねちと乳首をいたぶる手から逃れることはできない。

根元から先端に向かって、きゅうっと尖りを扱《しご》き上げられて、たまらずに腰を揺らした。

「あ、あ、あぁっ……あぁぁ……っ……ッ……！」

「やっぱ、乳首大好きなんですね。俺が触らなくても勃ってますよ」

「う、う、ん……っ」

叶野の言うとおり、男の手で育てられた胸筋は、ふっくらと盛り上がり、乳暈もいやらしい色に染まっている。中央に行くにつれて、だんだんと色濃くなる乳首は、ぷるんと先端を揺らし、叶野の愛撫を悦《よろこ》んでいた。男の胸にしては淫猥《いんわい》な大きさだ。しかし、誰にも触られなければ、そこがせり上がっているなんて気にも留めない。ジムでも普通にTシャツを着ていて、誰かの視線を感じたことはない。しかし、叶野にいたぶられると、どうにかなってしまいそうなほど感じる。この先、いままでどおりシャツを素肌に着てもいいのだろうか。なにか対策《たいさく》が必要だろうか。意識が横にそれていることに気づいたのだろう。叶野が戒《いまし》めるように、きゅっきゅっとリズミカルに乳首を揉み込んできて、悲鳴のような喘ぎを上げてしまった。

「っや、あぁっ、強い……ン――んっ……ふぁ……っ」

グミのようにふっくらと腫《は》れ上がったそこを、しつこくねじられ、先端を指の腹ですりすりと擦られると、身体の奥からどろりと熱が這い上がってくる。

「だめだ、それ以上したら……っ」

「あ、もう？　課長ってばほんっとエッチだなぁ。乳首をくりくりされただけでイきたくなっちゃったんですね」

「ん、っ、ぅ、っ、ぅぅ」

やさしい声で追い詰められると、なぜだか泣きたくなる。恥ずかしいのか、感じすぎているのか、それとも怒っているのか、自分でもわからない。恋人にしてほしいと懇願《こんがん》してきた叶野のこころが摑み取れそうな気がする。

「じゃ、自分の顔見ながら言ってください。『私は部下におっぱいをいたずらされてイキそうです』って。ね？　触る前からスラックスの前きつくしてるの、俺にもわかりますよ。せっかくいいスーツ着てるんだから、このまま射精してベトベトにしたくないでしょ？」

「っく、叶野……！」

こうなったら叶野は止まらない。素早くスラックスの前を開けられて、勃起したペニスを半端に露出《ろしゅつ》させられ、鏡にちらちら映るそこを巧みに扱かれた。亀頭の先端をまぁるく捏ねられると、一気に昂ぶってしまう。その瞬間を狙う叶野の手が、止まったり動いたりすることに我慢できず、桐生は鏡に映る上気したおのれを、胸の裡でなじりながらせがんだ。

「う……っ私は……部下に胸を……い、いたずら、されて……っぁ、ひ、イ、いき、そう……っ」

底のほうから欲望を搾り上げるような手つきに息を詰め、鏡を引っかきながら、びゅくっと白濁を散らした。

「出ちゃ……ッ……あぁ……あっ……い……っ！」

「いっぱい出して。こんなんじゃ、まだまだ終わらないし」

肩越しに荒《あら》っぽい叶野の吐息を感じながら、熱を吐き出し続けていると、亀頭の先をぴたりと指の腹でふさがれて涙《なみだ》混じりの目を瞠った。

「っ、ぁ、桑名、部長……っ」

「イってる最中に止められるのは、頭がおかしくなるほど気持ちいいだろう？」

「ン、ぅ、離して、はなして、くださ……っい……」

懇願《こんがん》するたびに、先端の割れ目を指先でくりくりとやさしく抉られて、媚肉を露出させられ、強烈《きょうれつ》な射精感が募っていく。なのに、出したくても出せない状況《じょうきょう》で、激しく身悶えた。

「中途半端に服を脱がされて、よがっているきみは、とても素敵だ。このままうしろから犯したいな」

「いいですね。部長がベッド以外で課長を突きまくるのって、そうそう見ないし」

「じつは、叶野くんが知らないところでしてるんだよ」

ひそやかに笑う桑名は、スーツのポケットからちいさなボトルを取り出して、手のひらに傾ける。なかに入っていたのは、とろみのある液体だ。それを両手のひらに広げて濡らし、下着を足首に落とされた桐生の剝き出しの尻を、そうっと撫でてくる。

「いつ触っても弾力があって悩ましい。引き締まってえくぼができる、可愛くて淫らなお尻だ。ここを撫でられるのも、桐生くんは好きだよね」

「は……っ……い……」

丸みのある尻の表面を撫で回す手のひらに肌が吸いついてしまう。液体のせいもあるだろうが、すこしずつ汗ばんでいく皮膚《ひふ》が、ますます男の指を呼び寄せてしまうのだ。

「お尻撫でられるの、気持ちいい？」

「あっ、ん、……いい……です……すこし、くすぐ、ったい、けど……お尻……」

しだいに尻を強く手のひらで捏ねられ、指が食い込んでくる。胸を揉むみたいに、ぐっ、ぐっ、とやさしく、強く揉み込まれるうちに、そこがむっちりとした形に変わっていく。

「いいね。奥もひくついている。桐生くんのここはすっかり男の味を覚えたようだ。僕の硬い凶《きょう》器《き》を最奥まで咥え込んで、いやらしく吸いつくせいか、縦割れアナルになってるって、前に教えたっけ?」

「ン、ンん――……!」

そんな卑猥な言葉、再現しなくてもいい。自分でも見えない秘所が、男を悦ばせるために収縮《しゅうしゅく》し、受け入れやすい形に変化していったなんて認めたくないのだが、実際そうらしい。濡れた長い指で閉じた孔をくっと押されて、ああ、と声を上げた。外からの侵入《しんにゅう》を阻むように、秘められたそこはすこしずつしか開かない。何度、桑名たちに抱かれようとも、最初のこの弾力は変わらなかった。それが、彼らを夢中にさせるのだろう。

桑名は人差し指をやさしく挿《い》れて、熱っぽく潤む肉襞を擦り出す。桐生のなかは桑名の愛撫を待ち構えていたかのように妖《あや》しく蠢《うごめ》き、うつくしい指を美味しそうに咥える。桐生自身の願いよりも素早く、もっとしてほしい、とそこが訴え、桑名を喜ばせた。

「きついな。でも、二本めも美味しそうにしゃぶってるよ」

「んく、ぅ、っあ、ん、はっ、あぁっ」

二本の指をまとめて出し挿れされると、ずちゅっ、ぐちゅ、と淫らな音が響いて、背中に汗が滲む。くの字に曲がった指の腹で、上壁をやわやわと擦られ、ふっくらとした盛り上がりを見つけられると、もう降参《こうさん》だ。どんなにやめてほしいと言っても、身体じゅうで桑名をほしがってしまう。

「ここ、僕自身で擦ってあげると、泣いてしまうほどにきみは感じるんだよね。前立腺《ぜんりつせん》なんて、自分では指も届かないだろう。たまらないな……」

言いながら桑名は自身の前をくつろげ、すでに熱を持って硬く勃《た》ち上がっていた雄を、ぬうっと尻の狭間に擦りつけてくる。張り出した見事なカリで割れ目をくすぐられると、じっとしていられず、指の節が真っ白になるほどに、きつく洗面台を摑んで腰を持ち上げた。

「部長……ぅ……あ、ッ、あぁ、っ――だめ、あっ、ん！」

ひくついた孔に、ぐぐっとねじ込んでくる桑名の雄大な肉刀に、ぎりぎりと奥歯を嚙み締めた。

「い、っ、はぁ……っ、んっ、奥、とどいて……っや……ぁッ」

繋がるのが久しぶりで、抑えても抑えても最奥がうねって桑名を誘い込む。桐生を気遣ってゆっくりと腰を遣う桑名の硬いくさむらが、割れ目をいやらしく、ちくちくと刺してくるのもいい。年上の男らしく、そこはしっかりとした繁《しげ》みで黒々としており、同性に抱かれていると強く実感できるのだ。

「いいね、最高だ。我慢した甲斐《かい》があったよ。桐生くんの奥が熱すぎて、どうにかなりそうだ」

「んっ、あ、ッ、あッ、はげし……っ」

むちむちとした尻をきつく摑んで打ち付ける桐生の動きが、だんだんと強さを増していく。ずっちゅずっちゅと媚肉を捏ね回す、長くて硬い男根に、必死に声を押し殺したが、脇で焦《じ》れったそうにしていた叶野が、熱に浮かされた目つきで、桐生のくちびるに指をすべり込ませてくる。

こころの底でほしいと願っていた感触に、舌を絡みつけて吸い上げた。

「うわ、エッチ。舌、もっと突き出してみてください。そうそう、俺の×××をしゃぶってるみたいに舌をくねらせて、吸い上げて……あー、ヤバ……突っ込みたい」

「ン――ふっぅ……ン、ンく、……っぅ……」

唾液《だえき》が顎に垂《た》れ落ちても指を抜いてもらえず、口内を蹂躙《じゅうりん》される。うしろから桑名に激しく突き上げられて、前は叶野に指を咥えさせられている。全身が性感帯になってしまった気分だ。最奥の襞に、ぐりぐりっと亀頭を擦りつけられて大きく息を吸い込んだ途端、ぐぽんっ、と突き込まれた。

「んー……っ……!」

「桐生くんの結腸はとんでもなく熱くて狭いよ。僕の形を覚えて」

ぐぽ、ぐぽ、と思いきり突かれて、ぎりぎりまで引き抜かれ、くちびるの中も、ぐちゃぐちゃに犯されてしまえば、出口はひとつしかない。

「ッ～～～～……っぁ……………っ!」

達する寸前、叶野にペニスをぎゅっと締めつけられて、過ぎた快感に、びゅっ、びゅっと精液をほとばしらせた。必死に堪《こら》えていたせいか、イってもイっても扱かれて、涙が滲む。

「もう、出ない……っあっ、あっ、またイく、イく……!」

執拗に奥の奥を貫かれる快感に声も嗄《か》れそうだ。甘さを通り越して全身が痺れるほどの快感に酔いしれて、くたくたと倒れ込む寸前、がっしりした両腕で抱き上げられた。

この逞しさは叶野だろうかと思って、ふらふらと顔を上げ、「——あ」と息を呑む。

「そんなにびっくりするなよ。絶頂に浸ってるエロいお姫様をベッドに運ぶのは、騎士《きし》の役目だろ？」

「誰が姫だ……。そもそもおまえは騎士なんて柄じゃない」

ついぶっきらぼうになる。膝の裏側と背中を支えて、軽々抱き上げてくるのが坂本だと知ってしまったら、素直になるわけにもいかない。ここで、恥じらいながら礼を述べるほど能天気《のうてんき》にはできていないのだ。いつの間にか、坂本も大広間からついてきたらしい。勝手知ったる顔で桐生を抱いたまま、悠々《ゆうゆう》と部屋を横切り、船内にしては贅沢《ぜいたく》すぎるベッドルームに入る。

ネイビーとオフホワイトの高貴なカバーがかかったベッドに、ぽんと放り出された直後に、飢えきった叶野が飛びついてきて、くちびるを強くふさいできた。

「ん、ッ、ぅ……ン……」

じゅるっと舌を強く吸うキスが好きな叶野のやり方に、意識ごと持っていかれる。火が点《つ》きっぱなしの胸の尖りを両側からつままれて、身体がしなった。片方をくちゅくちゅと舐め回され、もう片方は爪先で、ぴんっと弾かれる快感にまぶたを震わせると、両脚を広げられる。その向こうに、服を着たままの坂本が悠然《ゆうぜん》と煙草を咥えているのが見えた。彼の機嫌がいいらしいことに胸を疼かせながら、両腿をそっと絞《しぼ》り込んで男を挟み込むようにすると、くくっと笑い声が響く。

「そう急ぐなって。わんこがお待ちかねだ」

「俺、ぶっといお注射《ちゅうしゃ》用意して、おとなしく課長を待ってたんですから。もう、先っぽがうずうずして、課長のあそこで、きゅうってエッチに締めてくれなきゃ治りません。これってやっぱりまだ風邪が治ってないのかな？」

含み笑いを漏らす部下を睨み据えただが、露骨な責め方を覚え込まされた身体は抵抗できない。坂本と場所を入れ替わった叶野が、舌舐めずりして手早く服を脱ぎ、根元から凶悪《きょうあく》にそそり勃つ太竿を指で扱きながら、桐生に見せつけてきた。

「俺の生《なま》デカ×××で突いてほしいでしょ」

「おまえ……っあ、あっ、やっ、太い……っ！」

いつになくきわどい言葉に顔中を熱くさせたが、ズクン、と熱杭が潤む秘所に突き込んできて、あまりの衝撃《しょうげき》に声を失った。浮き立った太い筋で充血する甘襞を、ごりごりと擦られる快感に啜り泣くしかない。すぐに桑名が乳首に吸いついてきたことで、泣き声にせつなさがこもった。

「あっ、あっ……くぅ……」

筋肉を漲《みなぎ》らせる若い雄は激しく腰をふるってくる。粗野《そや》さが混じる愛撫をカバーするかのように、なめらかな肌を惜《お》しみなく晒す桑名が、全身をべたべたとまさぐりながら、桐生のツキンと勃ちっぱなしの乳首を甘噛みし、満足そうにこりこりと舐《ねぶ》り、舌先でつつく。

「ああっ……あっ……はぁっ……」

「なんていい噛み心地なんだ、きみの乳首は。根元からしこって、いつまでも吸いつきたくなるよ。これだけ僕らで弄り回しても、桐生くんのここはいつも形がいい。いまはぽってり腫れてるけど、仕事中はきっとおとなしく控《ひか》えめな胸なんだろう。ああ、やっぱり四六時中きみを監視《かんし》して、つねに乳首をふくらませてあげたい」

「俺も同じ気持ち。課長のぷっくりおっぱいをちゅっちゅしてあげることを想像したら、仕事がはかどってしょうがないんですよ。ね、課長、奥まで届いてます？　さっき部長が挿ってたでしょ。俺でも満足させられてます？　お尻の奥まで俺の×××でズボズボされたい？」

下品な言葉が頭の中をぐるぐる駆《か》け巡《めぐ》り、意識まで犯されて桐生は身悶《みもだ》えた。

「ぅン……っおしり……叶野の……っ……おまえの……×××で……、奥まで、突いてほしい……っ」

快感の先に待つ絶頂に酔いしれ、喘いだ。ぎりぎりまで口にするのをためらう、はしたない言葉を、叶野は力尽くで言わせる。羞恥で桐生が死にそうになっても容赦《ようしゃ》なく貫いてきて、ずるぅっと意地悪く引き抜いては、男根の太さと硬さをしみじみと実感させ、空虚《くうきょ》さと迫《せま》り来る快感に堪えかねて、桐生がつたなくせがむまで焦らすのだ。

「かーわいい……綺麗な顔して身体はこんなにエッチな課長、世界中のどこを探してもいませんよ。あー……きもちぃー……坂本さん、俺と課長のガンハメ、ちゃんと撮ってます？」

「そりゃもう。わんこはいつでも男優になれるぞ。おまえの巨根が桐生を泣かせてる映像を、俺の客たちに披露《ひろう》したら、びっくりするほどの値がつくだろうな」

目を転じれば、叶野の張った肩越しから、坂本がスマートフォンのカメラをこちらに向けている。繋がったそこがよりきわどく見えるように、桐生の両脚を限界まで掲げてから叶野は、どちゅどちゅと重い音を響かせながら肉棒を打ち付けてくる。重たくしこる陰嚢がぶつかる感触も、力のある男に抱かれていることを実感させる。

「それもいいですね。課長のエロエロおっぱいをぴんぴんに勃たせて、俺が下から、部長が上からねじ込んであげる映像、撮らせてあげましょうか？　坂本さんみたいなマニアが喜ぶようなハードなヤツで、課長が連続メスイキしちゃうヤツ」

「じゃ、お望みどおりに」

桑名の言葉を合図に、桐生はふたりの男の身体に挟み込まれた。下になった逞しい叶野に抱きつくと、すぐに窮屈《きゅうくつ》な肉洞を太竿で埋《う》められて、狂おしい喘ぎを漏らしてしまう。今度は背中から覆いかぶさってくる桑名が、ぐうっと襞をめくらせながらそこを押し広げて挿ってきた。

「ひ……——っぁ……！　ぁ、ぁ……あぁぁぁっ……あ……っはぁっ……はっ、ぁっ」

息継ぎもまともにできない。二匹の太い蛇《へび》が身体の奥深くに、くねり込んでくる。ふたりの男が同時に挿ってくることで、みちみちと孔を広げられ、苦しいはずなのに熱い息が、ただただ胸の奥から次々にあふれ出た。気持ちいい、狂ってもいいくらいに。頭の中がスパークするような、すさまじい快感に振り回され、手放しでしゃくり上げた。もう、なにも挿らない。ごしゅごしゅと二匹の蛇は桐生の内襞をずるく抉って熱を宿し、抜け、また深々と犯してくる。強く酩酊《めいてい》する甘い毒《どく》を植え付けるかのような動きに、濡れたくちびるを開いて酸素《さんそ》を求めた先に、ニヤニヤ笑う坂本がいた。

「こういうときのおまえは、やっぱり俺が求める最高のミューズだ。ふたりがかりで抱き潰《つぶ》されてるのに、潔癖《けっぺき》さと矜持《きょうじ》を失わない。俺を咥えたいなんて、死んでも言えないだろ」

短くなった吸いさしを、手元に置いたクリスタルカットの灰皿《はいざら》で揉み消す坂本が憎《にく》くて憎《にく》くて、こころからいとおしい。こんな身体にした責任を取れと怒鳴りたいのに、震えるくちびるは桐生の意思を裏切って坂本の名前を呼ぶ。

「……っさかも、と……く……っぅ……」

「仕事熱心で気概《きがい》がある桐生義昌は、不道徳《ふどうとく》でつれないかつての同級生に欲情するのか？」

「ん、んっ、あ、うっ、いじ、わるなこと……言うな……っ私は……っおまえが……」

おまえなんか大きらいだ。もう顔も見たくない。出ていけ。その身体を昂らせるなんてもってのほかだと臍《ほぞ》をかみたいのはやまやまだが、目の前でもったいをつけながら、坂本がスラックスの前を開いていく光景に、ごくりと唾《つば》を呑んだ。ぶるりと根元から雄々しく勃起する坂本のそこは、叶野とも桑名とも違う。赤黒い筋がひくひくし、見事に張り出した先端からは、とろっと透《とう》明《めい》なしずくがこぼれていた。

「舐めたそうな顔してるぞ」

そそのかされて、桐生はこくこくと頷く。

「なめ……っ……たい……さかもとの、っぁ、あ、……っそれ、舐めたい……っ」

坂本の隆起する雄に指を絡め、おそるおそる口に含んだ。すぐにもっと食らいつきたくなって、大きな男根を口いっぱいに頬張った。桐生がそうしなくても、坂本が頭を掴んでくるから顔を背《そむ》けることもできない。

「っん、ッンっ、ふぅ、ンぁっ」

力強い肉芯を喉奥でやわやわと締めるようになったのも、この男たちに抱かれて初めて知った。以前だったら、口で男を愛するなんて想像もしなかったのに。

口の端から、たらたら唾液が垂れ落ちて顎を伝う。それを指ですくってぺろりと舐め取る坂本の悪い笑い方に胸がズキンと甘く揺れ、上下で挟み込んでくる桑名と叶野を食い締めてしまった。

「ほんとうにきみは……このまま中に出してあげるよ」

「俺も限界。ねえ課長、俺と部長があなたの中をずんずん突きまくってるの、わかりますよね？さっきからずうっと、尖りきった課長の乳首が俺の胸をすりすり擦ってます。エッチだなあもう。男の俺の胸に自分から擦りつけて、おっぱいオナニーしてる課長最高。ヤバ……出したい」

「っん、ぅ、……っぁあっ……あぁぁっ、イく、またイっちゃ……う……へんになる……っ」

言うなり、がつがつと貪《むさぼ》ってくる部下と上司に挟まれ、桐生は一気に昇り詰めた。ぎゅっと閉じたまぶたの裏に、いくつもの星が散る。震えが止まらない身体を六本の腕が抱き締めてきて、同時にどくどくっと熱い精液をぶちまけてきた。ふたりの男は身体の最奥をめがけて。残るひとりは桐生の整った顔に。

「あ……は――あぁ……っ……」

「うわぁ……なにこれ、なんだよこれ。こんなのってないだろ、マジ締めつけてくる……課長、今日はどうしたんですか……いつもより奥がきゅんきゅんしてる」

「搾り取られそうだ」

叶野と桑名が口々に褒めそやすそばで、達したばかりの肉棒を根元から扱き、最後の一滴《いってき》まで放った坂本が、白濁でぐしょぐしょに濡れきった桐生の顎を人差し指で持ち上げた。

「『上司と部下に連続メスイキさせられる隣のドスケベビジネスマン』、なんてタイトルで映像化するか。特典はもちろん、裸エプロンで叶野と桑名さんに抱かれる隠し撮りだ。入江や初島、世の男どもが、おまえのことしか考えられなくなる。——当然、俺もな」

「坂本……」

はあはあと息を切らし、なにか言おうとしても力が入らない。場の流れで、いい気にさせようとしているだけだとわかっていても、ほだされそうだ。

「課長の甘々おっぱいは俺が守ります」

「僕たちが全力で隠さないとね」

胸の奥ではまだ炎《ほのお》が揺らめいている。それは彼らにしか鎮《しず》められない、情欲に燃えさかる淫獄《いんごく》の炎だ。桐生は汗が滲む両手を、叶野と桑名と——咥え煙草の坂本に向かって伸ばした。

終章

くっきりと輪郭《りんかく》の強い雲が、夏空に浮かんでいるのを窓の向こうに眺めながら、桐生は朝の挨《あい》拶《さつ》をしてテーブルに着く。

「よく眠れたか。ほら、冷たいお茶漬《ちゃづ》けだ。お新香《しんこ》もある」

「うん……」

まだすこしぼんやりしているが、坂本特製の朝食を口にすると、だんだん目が覚めてくる。

「美味いな、このお新香……きゅうりがぱりぱりしていて、私が好きな味だ」

「だろ？　今回はうまくいったんだ。今度はぬか漬けでも作ってみるか」

相変わらず、ぼさぼさ頭の坂本は黒いエプロンの裾《すそ》をひるがえし、綺麗に食べ終えた桐生の前に熱い緑茶を出す。甲斐甲斐《かいがい》しいところを見るだけなら、やはり特別な男だ。

「クルーズ企画、いい感じらしいな。昨日、桑名さんからメッセージが来た。嬉しそうだったから、寝こけてるおまえの乳首を撮って送っておいた」

「バカか、おまえは」

一瞬でも気を許した自分が愚《おろ》かしい。

それでも——それでも。

ときどき、ほんのすこしだけ期待させてくれる男を好きになったのは自分だ。むかつくならいますぐ叩き出せばいい。ここは自分の城だ。坂本が路頭《ろとう》に迷おうが知ったことか。

それでも。それでも。

長年の友人と同居生活を続けていくうちに、胸に巣《す》くう想いは日々変化している。桐生が知る男のなかで抜群《ばつぐん》に頭がよく、深い知性を窺《うかが》わせるボストン眼鏡が、しっくりはまる顔だって好みのど真ん中だ。大人のおもちゃ開発だって、考えようによっては立派な職業だ。研究については人一倍、熱心な男なのだから、いつか、いつの日か改心して——。

「今日もいい天気だな。おまえを送り出して洗濯物を干したら、打ちに行ってくる」

「打ち？」

「これこれ」

坂本は機嫌よさそうに右手をくるっと回す。『パチスロに行く』の合図に、やっぱりこいつはクズだと胸の裡で一刀両断《いっとうりょうだん》した。改心を願っている場合じゃない。いつか絶対に復讐《ふくしゅう》してやる。

「ごちそうさま。行ってくる。今日は帰りが遅いから先に寝ていてくれ」

「了解。桑名さんたちと飲みか？」

「初島と入江が部署《ぶしょ》異動するから、皆で一杯《いっぱい》やろうという話になったんだ」

「四月に入社したばかりなのに大忙しだな」

意味深な笑い方をする坂本だが、桐生もあえて突っ込まない。船を下りてからこっち、初島と入江は上の空で仕事もおぼつかない状態《じょうたい》だった。優秀な新人たちを腐《くさ》らせてはいけないと、他部署の者が見かねて異動を持ちかけたというわけだ。

「今度はどこに行くんだ」

「海外部門だ。おもにヨーロッパ方面との渉外《しょうがい》にあたると聞いてる。そこなら桑名部長も以前、在籍《ざいせき》していたことがあって、詳しいらしい」

「へえ、ヨーロッパか」

好奇心《こうきしん》をかすかに浮かべた男を訝《いぶか》しく思うが、忙しい朝は時間がない。鞄《かばん》を提《さ》げ、「行ってきます」と靴を履いて一歩踏み出した。

「行ってらっしゃい」

いつもの声に、ふっと頬をゆるめて青い空の下を歩き出せば、夏のはじまりを思わせる強い陽《ひ》射《ざ》しが肌を焦らす。

まだ早い時間だ。誰も来ていないだろう。途中立ち寄ったカフェでアイスコーヒーとクッキーを買い求め、自席でのんびりしようと考えていた桐生を待ち受けていたのは、桑名と叶野だ。

「おはようございます、課長！　今日も暑くなりそうですね」

「おはよう、桐生くん。いつも早いね」

「おふたりこそ」

仕事熱心だなと微笑む桐生の手にカフェの紙袋があるのを見て、「それ、もしかしてクッキー？」と、めざとい叶野が言う。

「おまえもひとつ食べるか」

「ぜひぜひ。甘いものだーいすき。でも、クッキーより先に課長をいただかなきゃ。ね、部長。ほら見てください。課長ったら、いつのまにこんなエッチな格好してたんですか」

「……ッ……これ、こんなものどこで……！」

声が掠れたのも無理はない。いつだったか、自宅で裸にエプロンだけまとって、卑猥なことをしでかした一部始終がショート動画として編集され、叶野のスマートフォンに映っていた。どうやら坂本がグループラインに送りつけたようだ。

「火照る肌にエプロンだけ着けて、たまに肩紐《かたひも》がずれて可愛い乳首が見え隠れしてます。坂本さんだけが、あなたを独り占《ひとじ》めしていてうらやましいなあって、部長と話し合ってたところですよ」

「なんとも目に毒な映像だ。ショート動画だから、いいところですぐにループしてしまう。坂本くんに課金すれば、もっと先が見られるかな？」

「あいつ……！」

奥歯をぎりっと噛み締める桐生の足下に、ふたりの影《かげ》が迫ってくる。

「入江くんと初島くんの初仕事が無事決まったよ。ひとまず、取引先のイギリスに一度足を運ぶことになったんだ。僕もついていくことになっている。イギリスは面白い国なんだ。一見、古き良き歴史を誇る保守的な国に思えるが、夜の帳《とばり》が下りたら、ひとびとは仮面を外してはしゃぎ出す。朝までずっとね。桐生くん、きみが艶のあるベルベットでできた仮面と、うつくしいスーツで身を固めたら、世界は一変するよ。入江くんも初島くんも、あのSMクラブの守くんも、僕らも——坂本くんの才能をさらに伸ばすなら、海外進出をおすすめしたいな」

ひっそりと想い続ける男が、世界中に求められる場面を想像して、微笑めばいいのか、困惑《こんわく》すればいいのか、よくわからない桐生に、桑名と叶野が手を伸ばす。臆《おく》する間もなくネクタイを垂らしたままのシャツを開かれ、男たちを感じてすこしだけ芯が入る乳首の先端を、甘く捏ねられて喘いでしまう。

「海外で坂本さんが認められたら、課長に群がるひともいっぺんに増えるかもしれません。そうなる前に、俺たちに愛されるってことが、どんなものかとことん知ってもらうために、もっとエッチなおっぱいにしてあげます」

「淫らな舌遣いができるのは僕たちだよ」

「……——ッ……」

底の見えない欲情を孕《はら》んだ声が鼓膜《こまく》に染み込み、思わず身体がぶるっと震えた。広い世界に向かって夢を語る男たちに、背を向けるのはあまりに惜しいから、桐生は喉をのけぞらせながら桑名と叶野の髪をかき回した。

ひこうき雲が空を鮮やかに横切る前に、愛の奉仕《ほうし》だ。

あとがき

はじめまして、またはこんにちは、秀香穂里《しゅうかおり》です。

「発育乳首《はついくちくび》」シリーズ最新作は、なんと豪華客船が舞台です！　もしあとがきから読まれる方がいらっしゃったら、ゴージャスでファッショナブルでラブでセクシーな船旅を想像されるかもしれません。しかし、これは「発育乳首」です。世界を股にかける大富豪は登場しませんが、セクシーなラブはたっぷり盛り込んでいるのでご安心ください。フレッシュな新人社員にもご注目いただけると嬉しいです。

この本を出していただくにあたり、お世話になった方々にお礼を申し上げます。

今回もとびきり麗しく、色香に満ちたイラストを手がけてくださった奈良千春《ならちはる》先生。毎回、こちらの想像を軽々と超えたセクシャルなイラストにどれだけ見惚れているか、言葉では言い尽くせません。奈良先生のイラストがあるからこそ、本シリーズは成り立っています。坂本も叶野も桑名、そして桐生の新しい顔を今回もこころより楽しみにしております。お忙しい中、お力添えいただき、ほんとうにありがとうございます……！

担当様。いろいろとご迷惑をおかけしてしまい恐縮しきりです……今後もどうぞよろしくお願いいたします。

最後に、この本を手に取ってくださったあなたへ最大級の感謝を。一作目から読んでも今作から読んでもきっと楽しい本シリーズ、気に入っていただけたらぜひ編集部までご感想をお寄せください。桐生の乳首は今作でも危険です！

Lovers Label

発育乳首～舌蜜教育～

ラヴァーズ文庫をお買い上げいただきありがとうございます。
この作品を読んでのご意見・ご感想をお聞かせください。
あて先は下記の通りです。

〒102-0075
東京都千代田区三番町8-1
三番町東急ビル6F
(株)竹書房 ラヴァーズ文庫編集部
秀 香穂里先生係
奈良千春先生係

2024年2月7日
初版第1刷発行

●著 者
秀 香穂里 ©KAORI SHU
●イラスト
奈良千春 ©CHIHARU NARA

●発行 株式会社 竹書房
〒102-0075
東京都千代田区三番町8-1 三番町東急ビル6F
代表 email : info@takeshobo.co.jp
編集部 email : lovers-b@takeshobo.co.jp
●ホームページ
https://bl.takeshobo.co.jp/

●印刷所 中央精版印刷株式会社

ラヴァーズ文庫
Lovers Label
発育乳首
HATSUIKU CHIKUBI
～蜜肌開発～
MITSUHADA KAIHATSU
課長の乳首は、だれで一番感じますか？
著 秀《しゅう》香《か》穂《お》里《り》
画 奈《な》良《ら》千《ち》春《はる》
禁欲的で冷たい容姿を持つ、桐生義晶《きりゅうよしあき》は、
決して知られてはいけない秘密を隠している。
毎晩、居候の坂本《さかもと》に乳首を嬲られ、大きく育っているのだ。
その胸の秘密を知られてしまった上司と部下とも、
淫らな関係を持ってしまう桐生だが…。
「君のHな乳首は、俺たち以外の男でも感じるのかな?」
三人の淫靡な企みで、謎の美しい男が更に加わり、
感じやすい桐生の胸は、
いっそう甘く、敏感に育てられていく――。
好評発売中!!

ラヴァーズ文庫
Lovers Label
発育乳首
HATSUIKU CHIKUBI
～白蜜管理～
HAKUMITSU KANRI
著 秀《しゅう》香《か》穂《お》里《り》
画 奈《な》良《ら》千《ち》春《はる》
禁欲的で冷たい容姿を持つ、桐生義晶《きりゅうよしあき》は、
決して知られてはいけない秘密を隠している。
毎晩、居候の坂本《さかもと》に乳首を嬲られ、
大きく育っているのだ。
鬼畜な坂本は、桐生の乳首をもっと開発するために、
さらに淫らな悪戯をたくらんでいた――。
「仕事中に乳首で感じてるのがバレてるよ」
秘密を知られてしまった上司と部下も加わり、
桐生の胸は、男たちの愛撫によって、
いっそう紅く、甘く、ふくらんでいく。
課長の乳首は、だれのものですか？
好評発売中!!

ラヴァーズ文庫
Lovers Label
発育乳首
HATSUIKU CHIKUBI
著 秀《しゅう》香《か》穂《お》里《り》
画 奈《な》良《ら》千《ち》春《はる》
課長の乳首、誰に開発されたんですか？
保存中
禁欲的で冷たい容姿を持つ、桐生義晶《きりゅうよしあき》は、
決して知られてはいけない秘密を隠している。
毎晩、居候の坂本《さかもと》に乳首を嬲られ、
大きく育っているのだ。
その秘密が、会社の上司と部下に
ばれてしまった――。
「俺たちも君が欲しかったのに、妬けるな」
毎晩の情事のせいで、自慰経験もろくにない桐生が、
乳首だけを念入りに開発されている
秘密を知った男たちは…。
絡み合う恋の駆け引き、
大人の秘め事。
好評発売中!!

ラヴァーズ文庫
Lovers Label
おれが乳首でイクなんて
甘噛乳首
AMA GAMI CHI KUBI
著
秀《しゅう》香《か》穂《お》里《り》
画
奈《な》良《ら》千《ち》春《はる》
大富豪・会社員・マフィア。
この男たちの共通点は『乳首愛好者』
雑誌記者の北見は、スクープをとるために闇オークションに潜入する。
しかしそこで、北見の『乳首』がオークションにかけられてしまう。
落札された北見の乳首は、罠を仕掛けた三人の男によって、
紅く、大きく育て上げられていく。
「俺が乳首だけでイクはずがないのに」
敏感なカラダに戸惑う北見の運命は――?
好評発売中!!